WEIHNACHTEN AUF DER BUTLER RANCH

BUTLER RANCH

BUCH VI

HEATHER SLADE

Übersetzt von
SIMONE METZ

Tektime

WEIHNACHTEN AUF
DER BUTLER RANCH

Weihnachten auf der Butler Ranch
Butler Ranch – Band sechs
Heather Slade

Von Nachbarskindern zu Liebenden: eine wieder entfachte
Liebesgeschichte im Wine Country.
Familiengeheimnisse und Weingutträume kollidieren
miteinander.
An diesen Weihnachten wird die Vergangenheit gefeiert,
während Neuanfänge bevorstehen.

In den sanften Hügeln des kalifornischen Wine Country ist das
Vermächtnis der Butler-Familie so reich wie die Trauben, die sie
anbauen. Aber damit Ainsley Butler, die jüngste der Geschwister,
ihren Platz finden kann, muss sie über das Weingut hinaussehen.

Als ihr der Schwarm ihrer Kindheit, Cristobal Avila, einen
Heiratsantrag macht, denkt Ainsley, sie hätte ihr Liebesglück fürs
Leben gefunden. Aber ihre Verlobung wird auf die Probe gestellt,
als Cristobals bahnbrechende Genforschung in Palo Alto mit

Ainsleys Wunsch aufeinanderprallt, auf dem Weingut ihrer Familie zu arbeiten.

Als Weihnachten naht und der gesamte Butler-Clan zusammenkommt, beginnen, lange verborgene Familiengeheimnisse zutage zu treten. Ainsleys Eltern Laird und Sorcha müssen sich mit ihrer dramatischen Vergangenheit in Nordirland auseinandersetzen, während ihre Geschwister sich durch ihre eigenen Beziehungen und Herausforderungen lavieren müssen.

Feiertagsstimmung liegt in der Luft und die Familienverbundenheit wird auf die Probe gestellt; können Ainsley und Cristobal dabei einen Weg finden, ihre Träume miteinander zu vermischen wie die Partien für einen perfekten, erlesenen Wein? Oder werden der Druck der Familienerwartungen und die unbewältigte Vergangenheit drohen, ihrer Zukunft einen Korken aufzusetzen?

„Weihnachten auf der Butler Ranch" ist eine herzerwärmende Erzählung von Liebe, Familie und den Entscheidungen, die unser Leben formen. Schenken Sie sich ein Glas Wein ein und machen Sie es sich für eine Geschichte gemütlich, die beweist, dass die besten Paarungen manchmal die unerwartetsten sind.

PROLOG

In diesem Jahr würden keine Weihnachtslichterketten am Haupthaus der Butler Ranch aufgehängt sein, zumindest nicht von mir. Vielleicht würde eines der Kinder die Aufgabe übernehmen. Sie hatten allerdings fast jeden der vergangenen drei Tage im Krankenhaus verbracht, um ihre Mutter zu besuchen, genau wie ich.

Ich nehme an, wenn man uns sagen würde, dass meine geliebte Frau an Weihnachten nach Hause kommen könnte, würden wir uns direkt daranmachen müssen, oder sie würde uns die Hölle heiß machen.

Sorcha Steward Butler – oder Rua, wie ich sie zuerst gekannt hatte – war eine Respekt einflößende Naturgewalt. Auch wenn ich es nie wagen würde, sie verwöhnt zu nennen, oder auch nur so von ihr zu denken, war sie nicht bekannt dafür, zaghaft zu sein, wenn etwas so gemacht werden sollte, wie sie es wollte.

Dies war die Art von Gedanken, zu denen ich mein Hirn zwang, statt meinem Verstand zu erlauben, dahin abzugleiten, was für ein schwarzer Abgrund mein Leben ohne sie werden würde. Allein der Gedanke verursachte einen unerträglichen Schmerz in meiner Brust.

1

AINSLEY

EIN JAHR ZUVOR

Wann reist du für die Weihnachtsferien ab?", fragte Bryn.

Ich biss mir auf die Unterlippe. „Ich bin mir nicht sicher. Was ist mit dir?"

„Ich weiß es auch noch nicht, aber ich kann dir sagen, dass ich deshalb nicht allzu begeistert bin. Ich glaube, ich komme am Sechsundzwanzigsten wieder. Wenn meine Mutter keinen Herzinfarkt bekommen würde, würde ich schon am Weihnachtsabend wieder nach Hause fahren." Bryn war meine Freundin, ehemalige Mitbewohnerin und Kollegin in der Forschungsabteilung von Stanfords Fakultät für Wirtschaftswissenschaften im Aufbaustudium.

„Warum?"

„Ernsthaft?"

„Was?"

Sie verschränkte die Arme. „Du erinnerst dich nicht, dass ich dir nach meiner Rückkehr nach Thanksgiving erzählt habe, dass Greg verlobt ist?"

„Tut mir leid. Ähm, doch, ich erinnere mich." Ich war zu sehr mit meinem eigenen Beziehungsdrama beschäftigt, sodass ich nicht mehr an die Verlobungsbekanntmachung von Bryns High-school-Freund gedacht hatte.

„Zu schade, dass wir nicht zusammen nach Hause fahren können."

„Stimmt." Wie sollte das funktionieren? Bryns Familie lebte in Mendocino, das in der entgegengesetzten Richtung des Wohnorts meiner Eltern lag.

„Was ist bei dir und Cris los?"

Darüber war ich mir noch weniger im Klaren als darüber, wann ich nach Hause fahren würde.

Sosehr ich darauf gehofft hatte, hatte ich Cristobal Avila weder gesehen noch gesprochen, seit ich zur Hochzeit meines Bruders gefahren war, die am Tag von Thanksgiving stattfand.

„Ich will die Feiertage mit dir verbringen", hatte er gesagt, als wir über unsere Pläne sprachen. „Ich hab's satt, unsere Beziehung zu verheimlichen. Meine Schwester heiratet deinen Bruder an Heiligabend."

Es war schwer zu glauben, dass bis zum Jahresende alle meine drei Brüder verheiratet sein würden oder sie vor zwei Monaten noch Singles gewesen waren. Es hatte Zeiten gegeben, da hatte ich bezweifelt, dass überhaupt einer von ihnen jemals heiraten würde.

„Ainsley? Hörst du mir zu?", hatte Cris mich gefragt.

„Ich weiß nicht, ob es das richtige Timing ist, unseren Familien von unserer Beziehung zu erzählen."

„Um Himmels willen, wir leben seit *sechs Jahren* zusammen."

Cris und ich waren nebenan voneinander groß geworden. Gewissermaßen. Seine und meine Eltern besaßen Ranches im Weinanbaugebiet von Paso Robles an der kalifornischen Zentral-küste. Da hektarweise Land zwischen unseren Häusern lag, war es nicht so, als hätten wir uns zuwinken können. Nicht dass wir das gemacht hätten. Die Beziehung zwischen unseren beiden Fami-lien war beinahe so schlecht wie die der Hatfields und McCoys mit ihrer legendär tödlichen Familienfehde in einem abgelegenen Appalachental.

An jenem Abend überrumpelte Cris mich damit, mir ein Ultimatum zu stellen. Entweder würden wir als Paar nach Hause fahren – und zu der Hochzeit gehen – oder es wäre aus zwischen uns.

Am darauffolgenden Montag hatte ich die Stanford mit der festen Absicht verlassen, mit Brodie zu reden und ihn zu fragen, ob ich Cris mitbringen könnte. Stattdessen hatte ich gekniffen.

Als er später an jenem Abend anrief und fragte, wie die Unterhaltung gelaufen sei, vertröstete ich ihn. „Die Hochzeit ist erst am Freitag. Ich werde morgen mit ihm reden."

„Das war's, Ainsley. Ich kann das so nicht länger machen."

Dann hatte er aufgelegt, und als ich versuchte, ihn zurückzurufen, ging er nicht dran. Ich rief erneut an und schrieb ihm Nachrichten, aber er antwortete nicht. Als ich am nächsten Montag zurückkam, war er mit all seinen Sachen aus unserem Apartment ausgezogen.

Ein Teil von mir hatte gehofft, er würde trotzdem auf Brodies Hochzeit auftauchen und meine Familie und mich überraschen. Aber das hatte er nicht gemacht. Er hatte es mir überlassen, und ich hatte nicht den Mut besessen, unseren Familien zu sagen, dass ich in ihn verliebt war. Hätte ich das getan, hätte vielleicht jemand gefragt, wie lange schon. Um ehrlich zu sein, seit ich neun Jahre alt war.

Am Tag, bevor Cris mit achtzehn von zu Hause weggegangen war, um seinen Weg in der Medizin an der Stanford zu beginnen, bin ich ihn suchen gegangen. Zuerst dachte ich, er hätte mich nicht bemerkt, als ich ihn von hoch oben in einem Baum am Zickzackzaun beobachtete, der das Gelände meiner Familie von dem seiner trennte.

„Was machst du da oben, Kleine?", rief er.

„Ich bin gekommen, um Auf Wiedersehen zu sagen."

„Woher weißt du, dass ich weggehe?"

„Alex hat gesagt, dass du das machst." Ich hoffte, er würde nicht fragen, wann ich mit seiner Schwester gesprochen hatte, da ich zu jener Zeit ihr und meinem Bruder hinterherspionierte.

„Dann bin ich ja froh, dass ich heute einen Spaziergang in diese Richtung gemacht habe."

Ich begann, von dem Baum hinunterzuklettern, rutschte aber ab und fiel stattdessen. Cris kam herangerannt und untersuchte meine Arme und Beine, um sicherzugehen, dass ich mir nichts gebrochen hatte.

„Du wirst eines Tages ein guter Arzt sein."

Er hatte gelächelt, mir die Haare verwuschelt und, für den Bruchteil einer Sekunde, meine Wange mit seinen Fingerspitzen berührt. Da wusste ich, dass ich Cristobal Avila für immer lieben würde.

ALS ICH IHN DAS NÄCHSTE MAL SAH, WAR ICH SELBST achtzehn. Ich erkannte ihn sofort, als ich ihn auf der Farm sah – wie die Stanford Universität von den meisten genannt wurde. Es war unmöglich, keine Notiz von ihm zu nehmen, denn er war der schönste Mann, den ich je gesehen hatte.

„Na du", sagte ich, als er an mir vorbeiging. „Ich hatte gehofft, wir würden uns über den Weg laufen."

„Ähm ... Hi. Kennen wir uns?"

Es war, als hätte mir jemand meinen Ballon kaputt gemacht, als er mich nicht wiedererkannte. Meine Kühnheit, die ich verspürt hatte, als ich ihm Hallo sagte, war verpufft und ließ mich schrecklich beschämt zurück.

„Hey, Cris." Sagte meine ältere Schwester, die hinter ihm herangekommen war, und reichte mir einen Becher Kaffee.

„Hey, Skye. Warte mal." Er sah mich ein zweites Mal an. „Ainsley? Was machst du hier?"

„Orientierung. Es war schon immer ihr Traum, auf die Stanford zu gehen", antwortete Skye, ehe ich dazu kam.

„Yep", sagte ich, verdrehte die Augen und war noch beschämter als zuvor, falls das überhaupt möglich war. „Mein Traum ist wahr geworden", murmelte ich.

Ich hätte Skye am liebsten getreten, als sie hinzusetzte: „Für sie war es entweder Stanford oder nirgendwo."

„Na, wow. Das ist toll. Es ist schön, jemanden von zu Hause zu sehen."

„Bist du schon Arzt?", fragte Skye.

„Yep. Zweites Jahr als Assistenzarzt am Stanford Medical Center. Wofür bist du hier, Ainsley?"

Für dich, hätte ich am liebsten gesagt. „Wirtschaft", sagte ich stattdessen.

„Da angenommen zu werden, ist schwer. Herzlichen Glückwunsch."

Als er sein perfektes Lächeln auf mich richtete, bildeten sich seine zwei Grübchen und ich schmolz dahin. Ich sehnte mich danach, mit den Fingern durch sein volles, schwarzes, perfekt ungekämmtes Haar zu fahren und mit meinen Lippen über die Stoppeln, die ihn ebenso markant rau wie attraktiv aussehen ließen.

„Danke", nuschelte ich und versuchte, überall hinzusehen, nur nicht zu ihm. Aber es gelang mir nicht. Er war unwiderstehlich.

„Sie ist eine Intelligenzbestie", sagte Skye. „Bisschen so wie du. Ich weiß nicht, wo sie das herhat. Sonst ist niemand in unserer Familie so."

„Ich bin mir sicher, dass das nicht stimmt, Skye", sagte Cris und sah mich auf diese Art an, bei der Mädels ihre Höschen fallen lassen würden. Als er den Blick von mir abwandte und auf seine Uhr sah, sank mir das Herz.

„Ich muss los oder ich komme zu spät, aber nochmal, es war wirklich gut, hier zufällig mit euch zusammenzustoßen. Wir müssen uns mal treffen, wenn ich mehr Zeit habe. Vielleicht können wir irgendwann sogar mal eine Fahrgemeinschaft nach Hause machen."

„Das wäre super."

„Bald", hatte er gesagt und war eilig mit einem Winken weggegangen.

Bald wurde zu drei Jahren. Wir sind nie zusammen nach Hause gefahren. Nicht ein Mal. Sosehr ich es versucht hatte, gelang es mir nur einmal in der Zwischenzeit bis zu meinem einundzwanzigsten Geburtstag, nahe genug an ihn heranzukommen, um mit ihm zu sprechen.

Ich ging gerade die Treppe der Stanford Clinic hinauf und sah ihn ein paar Stufen weiter oben im leeren Treppenhaus. Als er zum Treppenabsatz kam, sah er mich direkt an. Ich hob einen Arm, um zu winken, aber Cris wandte den Blick ab. „Ich kann das nicht machen", hörte ich ihn murmeln.

Danach hörte ich auf, ihn zu suchen. Noch mehr Demütigung brauchte ich nicht. Selbst wenn ich ihn gesehen hätte, wäre ich in die entgegengesetzte Richtung gegangen.

AM ABEND MEINES EINUNDZWANZIGSTEN GEBURTSTAGS GINGEN meine Mitbewohnerinnen und Freundinnen Gwen und Bryn mit mir aus, um – ihre Worte – mich betrunken zu machen. Es war nicht so, als hätte ich vorher noch nie Alkohol getrunken; meiner Familie gehörte ein Weingut, um Himmels willen.

Wir landeten in Antonio's Nut House auf der California Avenue in Palo Alto, wo laut die Musik von Grateful Dead spielte und es einen unendlichen Vorrat an Erdnüssen zu essen gab. Der Laden war bekannt für billige Drinks, Billard, Retro-Arcade-Spiele und anständiges mexikanisches Essen im angeschlossenen Restaurant.

Da ich uns üblicherweise nach Hause kutschierte, war ich verblüfft, als nicht eines, sondern drei Shot-Gläser zusammen mit meinem dritten oder vierten Glas Bier vor mir auftauchten. Ich hatte den Überblick verloren.

„Der Fireball ist von mir", sagte Gwen. „Der Scotch-Whiskey ist von Bryn und der Tequila-Shot ist von dem gut aussehenden Mann, den ich an der Theke gefunden habe. Er sagt, er kennt dich. Stimmt das, Ains? Hast du uns da etwas vorenthalten?"

Gwens Blick wanderte an Cristobal Avilas Körper auf und ab, dessen Augen meinen begegneten.

„Dann lass uns die mal der Reihe nach vernichten." Gwen hob ihr Shot-Glas und wartete darauf, dass ich es ihr nachtat.

Der Fireball brannte, als er mir durch die Kehle rann, und bei dem Gedanken an zwei weitere Kurze wurde mir schlecht.

„Ich bin dran." Bryn drängte sich vor Gwen. „Morgen will ich einen vollständigen Bericht", sagte sie mit einem Blick über die Schulter. „Der ist so heiß", formte sie lautlos mit den Lippen, als sie ihr Glas erhob. *Sláinte, meine Freundin."

„Toilettenpause", rief Gwen aus, nachdem Bryn und sie ihren Whiskey hinuntergekippt hatten. Ich stand auf, um mit ihnen zu gehen, obwohl ich eigentlich nicht musste.

„Nicht du", sagte Bryn, schubste mich zurück auf den Barhocker und ging weg.

„Du hast Geburtstag." Cris beugte sich nah genug heran, um mir einen Kuss auf die Wange zu geben, aber ich schreckte zurück. Er lächelte und stützte seinen Arm auf dem Tisch auf.

„Ich bin dran", sagte er. „Hierauf warte ich schon eine lange Zeit."

Ich schloss die Augenlider und schüttelte den Kopf. Hatte er wirklich gerade gesagt, er hätte schon eine lange Zeit darauf gewartet, einen Shot mit mir zu trinken, oder bildete ich mir Dinge in meinem alkoholbenebelten Zustand ein? Ich trank ein Schlückchen Bier und sah in seine moosgrünen Augen.

Er strich mir Haare aus meinem Gesicht und beugte sich erneut vor. „Herzlichen Glückwunsch zum Geburtstag, Ainsley."

Ich dachte an den Tag im Treppenhaus. Warum war er jetzt nett zu mir, wenn er da nicht einmal Hallo gesagt hatte?

„Bist du sicher, dass du das hier machen willst?", fragte er.

Seine Lippen berührten meine beinahe. Fragte er, ob ich ihn küssen wollte? Absolut. Das hätte ich am liebsten den ganzen Abend lang gemacht, aber nein, das konnte ich nicht. Ich schloss wieder die Augen, schüttelte den Kopf und hörte ihn lachen.

Oh, Gott – ich war ein Witz für ihn. Ich schnappte mir meine Handtasche und versuchte, mich an ihm vorbeizuschieben, aber er schlang seinen Arm um meine Taille.

„Wo gehst du denn hin?" Sein Mund war nah genug an meinem Ohr, dass ich ihn flüstern hören konnte, obwohl die Bar brechend voll war.

„Ich muss gehen." Ich musste sehen, dass ich von ihm wegkam, bevor ich einen noch größeren Deppen aus mir machte oder mehr trank, woraufhin ich mich in einen Vollpfosten verwandeln würde.

„Ich meinte den Shot", sagte er. „Bist du sicher, dass du noch einen willst?"

Ich versuchte, mich von ihm wegzuwinden, aber Cris verstärkte seinen Griff.

„Ainsley Butler", hauchte er. „Jetzt bist du ganz erwachsen. Und genauso schön, wie ich wusste, dass du es werden würdest."

Er war betrunken. Das musste er sein. Oder ich träumte gerade. Das war wahrscheinlicher. Cris Avila hatte komplett vergessen, dass ich an der Stanford war und er zu mir gesagt hatte, wir würden uns bald treffen – vor drei Jahren. Bis auf das eine Mal, als er mich absichtlich ignoriert hatte.

Er nahm mir die Handtasche vom Arm, stellte sie auf den Tisch und reichte mir das Shot-Glas. Als er seins an die Lippen hob und den Tequila hinunterkippte, machte ich das auch, wobei ich die Zitronenscheibe und das Salz auf dem Tisch unbeachtet ließ.

Ich schwankte ein wenig und setzte mich auf den Hocker. Ich schloss die Augen, aber das half nicht. Tatsächlich machte es das Schwindelgefühl schlimmer.

„Komm", sagte er und nahm meine Hand. „Bringen wir dich hier raus."

Ich entriss ihm meine Hand. „Mit dir gehe ich nirgendwohin. ... Du ... hast mich ignoriert."

Cris setzte sich auf den Hocker neben mir und fuhr sich mit der Hand durch seine Haare.

„Tut mir leid", sah ich ihn mit den Lippen formen.

„Warum?"

Er betrachtete mich aufmerksam und fokussierte sich dabei auf meine Lippen.

„Ich weiß, dass du mich gesehen hast."

Gefühlt saßen wir eine ganze Zeit lang so da und starrten einander an. Keiner von uns sagte etwas. Schließlich atmete Cris tief ein und dann aus. „Weißt du, wie alt ich bin, Ainsley?"

Ich nippte noch einmal an meinem Bier, dann noch einmal, obwohl mehr Alkohol das Letzte war, was ich brauchte. „Was hast du vorhin gemeint, als du gesagt hast, du hättest lange hierauf gewartet?"

Er schüttelte den Kopf und wandte sich ab.

„Vergiss es." Ich nahm meine Handtasche und bahnte mir auf der Suche nach Gwen und Bryn meinen Weg durch die volle Bar.

Nachdem ich überall nachgeschaut und sie nicht gesehen hatte, ging ich zur Damentoilette. Ich stand in der langen Schlange von Frauen, die vor der Tür warteten, bis mein Schwindel so schlimm wurde, dass ich mich setzen musste.

Ich fand eine Bank, ließ mich darauf plumpsen und vergrub das Gesicht in meinen Händen.

Ich schloss fest die Augen und wünschte, ich wüsste, wo meine Freundinnen waren. Die hätten mich doch nicht einfach hier zurückgelassen, oder?

Ich spürte, wie sich eine Hand auf meine Haare legte, und als ich die Augen öffnete, hockte Cris vor mir.

„Alles in Ordnung mit dir?"

„Mir geht's prima." Ich lehnte mich von seiner Hand weg, die noch immer über meine Haare streichelte.

„Das glaube ich nicht."

Ich versuchte aufzustehen, aber er hatte mich zwischen sich und der Bank eingesperrt.

„Warum bist du hier? Warum heute Abend?" Als sich meine Augen mit Tränen füllten, verfluchte ich den Alkohol dafür, mich so emotional zu machen. „Bitte geh einfach. Lass mich allein. Hast du mich nicht schon genug gedemütigt?"

Er schüttelte den Kopf. „Das kann ich nicht machen."

„Du kannst." Ich deutete in die Richtung der Eingangstür. „Geh einfach."

„Ich wollte dich nie demütigen, Niña bonita. Ich musste mich von dir fernhalten."

„W-wa-ru-um?" Ich setzte meiner Beschämung noch einen drauf, indem ich volle Lotte losheulte.

Er zwickte mich in die Nase, womit er mich dazu brachte, mich zu fühlen, als wäre ich wieder neun Jahre alt.

„Unsere Familien ..."

Ja, ich wusste, dass unsere Familien miteinander verfeindet waren, aber war das nicht etwas zwischen unseren Vätern? Alex und Maddox waren schon ewig zusammen, aber das war kein gutes Argument, da sie, auch wenn fast jeder davon wusste, ihre Beziehung noch immer geheim hielten.

„Du hast mit Skye gesprochen, als sie mich für die Orientierung hergebracht hat."

Er nickte.

„Warum kannst du mit ihr reden und nicht mit mir?"

„Weil ich Skye nie küssen wollte." Cristobal hielt mich mit seiner Hand still, die er in meine Haare verwoben hatte, und küsste mich.

Zuerst war er zögerlich und süß, aber dann schob er seine Zunge zwischen meine Lippen und in meinen Mund. Ich konnte den Tequila noch immer schmecken und leckte über seine Unterlippe. Als ich das tat, küsste er mich härter.

„Oh, uups!"

Ich blickte auf und sah Bryn. Gwen stand hinter ihr. „Ich habe nach euch gesucht. Wo wart ihr?", fragte ich und hasste es, dass ich mich so sehr wie ein kleines Mädchen anhörte.

„Mm-hmm." Gwen stemmte die Hände in die Hüften und sah Cris an, dessen Hand noch immer in meinen Haaren verwoben war.

„Wir sind auf dem Weg zur Stube", sagte Bryn, die ebenfalls Cris ansah. „Willst du mitkommen?"

Statt meinen Freundinnen zu antworten, sah er mich an.

„Geh." Ich schob ihn weg und er ließ meine Haare los. „Ich gehe nach Hause."

„Komm schon, Ains", bat Gwen. „Es ist dein Geburtstag; wir sollten feiern."

„Mir ist nicht nach Feiern zumute." Ich verschränkte die Arme und hoffte, ich kehrte genügend die Zicke heraus, dass er einfach weggehen würde.

„Ich werde dafür sorgen, dass Ainsley gut nach Hause kommt. Ich glaube nicht, dass sie noch mehr zu trinken braucht", sagte Cris zu Gwen und Bryn, als wäre ich gar nicht da.

„Hey!" Ich versetzte ihm einen ordentlichen Schlag. „Zuerst einmal bin ich direkt hier und kann dich hören. Zweitens kann ich selbst meine Entscheidungen treffen, ob ich genug zu trinken hatte oder nicht." Ich starrte den grinsenden Mann wütend an.

„Wenn du sicher bist ...", sagte Gwen, und Cris nickte.

Meine Freundinnen ließen mich bei ihm zurück? Ernsthaft?

Er ergriff meine Hand. „Na komm, Niña bonita. Ich werde dich nach Hause bringen."

„Aber ..., aber ..."

Bryn ging weg, winkte und warf mir eine Kusshand zu.

„Wir sehen uns morgen", sagte Gwen und winkte auch.

Ich folgte Cris, weil ich wusste, dass ich mich besser fühlen würde, sobald ich aus der zu warmen Bar draußen war und etwas frische Luft geatmet hätte. Dann würde ich Cris sagen, dass ich meinen Weg allein zurück zu dem Apartment finden würde, das ich mir mit meinen beiden sogenannten Freundinnen teilte, die mich gerade im Stich gelassen hatten.

Als wir hinauskamen, pfiff Cris so laut, dass es in meinen Ohren wehtat.

„'tschuldigung", sagte er, als er mich zusammenzucken sah. „Nur so bekommt man an einem Freitagabend ein Taxi."

Anstatt dass es mir besser ging, während wir dastanden und warteten, wurde mir immer schummriger. Ich packte Cristobals Ärmel, um mich gerade noch zu fangen.

„Komm her", sagte er und klemmte mich unter seinen Arm.

„Wo soll's hingehen, Turteltauben?", fragte der Taxifahrer, als er am Randstein hielt.

„Beacon Way zwölf", sagte er und half mir auf den Rücksitz.

„Wo fahren wir hin?", fragte ich, als sich das Auto in Bewegung setzte.

„Zu meinem Apartment."

„Nein, das kann ich nicht machen. Ich muss nach Hause."

Eine Welle der Benommenheit traf mich wieder, aber diesmal fühlte es sich an, als würde ich mich übergeben müssen. „Ähm, bitte fahren Sie rechts ran. *Schnell.*" Der Fahrer zog über zwei Fahrspuren hinweg und kam mit quietschenden Reifen zum Stehen.

Ich schaffte es gerade noch rechtzeitig aus dem Taxi, bevor ich meinen Mageninhalt in einem Busch in der Nähe loswurde. Cris war auch ausgestiegen. Er stand neben mir und rieb mir über den Rücken, während mich immer wieder Wellen der Übelkeit durchliefen.

„Mein Apartment liegt hier um die Ecke", sagte er, als mein Würgen nachließ. „Komm."

Ich wischte mir mit dem Handrücken über den Mund. „Okay, aber dann musst du mich nach Hause bringen. Ich meine, zu mir nach Hause."

Als ich am nächsten Morgen aufwachte, fühlte sich mein Kopf benebelt an, aber ich hatte nicht annähernd so einen Kater, wie ich es erwartet hatte.

Ich öffnete die Augen, sah mich um und zuckte zusammen. Auf seinem Bett, wie ich annahm, lag ein voll bekleideter, aber tief schlafender Cristobal Avila. Glücklicherweise war ich auch voll bekleidet.

Seine Augen öffneten sich und er ertappte mich beim Starren.

„Wie fühlst du dich heute Morgen?", fragte er.

„Besser als erwartet. Ich schätze, ich habe nicht so viel getrunken, wie ich gedacht hatte."

„Doch, hast du. Drei Shots auf leeren Magen plus Bier – das ist eine Menge."

„Woher weißt du, dass ich einen leeren Magen hatte?"

„Du erinnerst dich wohl nicht mehr daran, dass du mich gestern Nacht angebettelt hast, dass ich losgehe und uns ein paar Burger besorge."

Ich schnappte nach Luft und hielt mir die Hand vor den Mund. „Oh, Gott, habe ich das wirklich? Es tut mir leid."

„Nicht nötig. Ich bin nicht gegangen."

„Gott sei Dank."

„Ich habe sie liefern lassen."

Ich hielt mir das Kissen vors Gesicht und stöhnte. „Das ist mir so peinlich."

„Hey. Sieh mich an."

Ich blickte in seine perfekten Augen.

„Alles in Ordnung, Ainsley. Ich fühle mich mindestens zur Hälfte verantwortlich dafür, wie alkoholisiert du gestern Abend warst, was nur einer der Gründe dafür war, warum ich wollte, dass du hierbleibst – damit ich mich um dich kümmern konnte."

„Was war der andere Grund?"

„Bist du sicher, dass ich das beantworten soll?"

Ich nickte.

„Ich werde es dir beim Frühstück erzählen."

2

CRISTOBAL

Zwei Tequila-Shots hatten ausgereicht, dass ich die Bar verließ, in der ich mich nach einem langen und erschöpfenden Tag im Medizinzentrum auf ein paar Drinks mit einigen Freunden getroffen hatte, um in den Laden nebenan zu gehen, von dem ich wusste, dass dort Ainsley Butler ihren einundzwanzigsten Geburtstag feierte.

Egal wie oft ich mir sagte, dass der Altersunterschied von neun Jahren zwischen uns zu groß war, spürte ich jedes Mal, wenn ich sie auf dem Campus sah, die gleiche unwiderstehliche Anziehung, wie an dem Tag, an dem sie mit ihrer älteren Schwester auf der Farm aufgetaucht war.

Als ich im Laufe des Tages zufällig mit einer ihrer Mitbewohnerinnen zusammengestoßen war und sie mir erzählt hatte, wo sie an diesem Abend sein würden, wusste ich, dass ich dort wider besseres Wissen auch auftauchen würde.

Das war vor sechs Jahren gewesen, und seitdem hatte ich mich immer mehr in die rothaarige, blauäugige Naturgewalt verliebt.

Ainsley war klug – geradezu brillant –, schön, witzig, liebevoll und megasexy. Meine Lieblingsbeschäftigung war, mit dem Finger ihre Sommersprossen zu verbinden, die über ihren ganzen Körper verteilt waren.

Aber wir hatten ein großes Problem. In unseren beiden Familien wusste niemand, dass wir zusammen waren, und nach allem, was ich sehen konnte, wollte Ainsley es so lange wie möglich dabei belassen. Allmählich bekam ich den Eindruck, dass sie *niemals* bereit wäre, unsere Beziehung öffentlich zu machen.

Lag es an dem Altersunterschied, der mich ungeduldig machte? Ich liebte Ainsley. Ich konnte mir vorstellen, dass wir unser Leben miteinander verbringen würden. Vielleicht war sie einfach noch nicht so weit.

Vor Kurzem war ich von der traditionellen ärztlichen Tätigkeit in die Genforschung gewechselt. Dies bedeutete eine berufliche Herausforderung auf eine Weise, wie ich sie bei meiner Arbeit in einem Krankenhaus nicht gekannt hatte. Mein Einkommen war wesentlich höher und meine Arbeitszeiten regelmäßig.

Andererseits war Ainsley gerade kurz davor zu promovieren. Wenn es so weit wäre, würde ihre Denkweise vielleicht näher bei meiner liegen.

Seit dem ersten Wochenende, das wir miteinander verbracht hatten, waren wir stets so im Gleichklang gewesen. Wir nahmen beide unser Studium ernst und glänzten in unseren gewählten Programmen. Nicht gern allzu viel auszugehen, war eine weitere Gemeinsamkeit. Wir waren glücklich damit, einfach zu Hause zu bleiben und Zeit miteinander zu verbringen.

Körperlich hatte mich noch nie jemand auch nur annähernd so angetörnt wie Ainsley.

Ich schüttelte den Kopf und starrte an die Zimmerdecke des Studioapartments, das ich kurz entschlossen gemietet hatte, als ich ihr ein Ultimatum setzte und der Ausgang nicht so war, wie ich es gewollt hatte.

Hier war ich also jetzt – allein – und vermisste die Person, mit der ich mehr Zeit verbringen wollte als mit sonst jemandem. Ich sehnte mich so sehr nach ihrem Lächeln, ihrem Lachen und der Unterhaltung mit ihr, wie ich mich nach ihrem Körper sehnte.

Was stimmte nicht mit mir? Hatte ich wirklich geglaubt, dass jemand wie Ainsley auf ein Ultimatum reagieren würde? Und wenn sie das getan hätte, hätte ich mich dadurch besser gefühlt, was unsere Beziehung anging, oder hätte ich das Gefühl gehabt, ich hätte sie dazu gedrängt, etwas zu tun, zu dem sie noch nicht bereit war?

Ehe ich es mir wieder ausreden konnte, schnappte ich mir meine Schlüssel und fuhr zu dem Ort, von dem ich wusste, dass sie dort sein würde.

3

AINSLEY

„Ju-hu, Ainsley?" Bryn winkte mit einer Hand vor meinem Gesicht. „Hörst du mir überhaupt zu?"

„Tut mir leid. Äh, ... was?"

„Ich habe dir gerade erzählt, dass ich eigentlich nicht zu Weihnachten nach Hause fahren will ..., vergiss es. Es ist jemand hier, der dich sehen will."

Ich war gerade dabei gewesen, an einer Präsentation zu arbeiten, die Organisationsstrukturen verglich und wie sie sich auf Produktivitätsstufen auswirkten, aber wie üblich waren meine Gedanken immer wieder zu Cris abgewandert.

„Was ist los mit dir?" Bryn stand auf und stemmte die Hände in die Hüften, aber ehe ich antworten konnte, ging sie aus meinem Büro. „Lass gut sein, ich werde ihn hereinlassen", hörte ich sie murren.

Das Kensey Management Center war an Samstagen verschlossen. Nur das Kollegium, Doktoranden und Studenten im Aufbaustudium hatten Schlüsselkarten, die am Wochenende funktionierten. Alle anderen mussten von jemandem mit entsprechender Berechtigung mittels des Türsummers hereingelassen werden.

Ich erinnerte mich nicht daran, jemanden zu erwarten, öffnete aber trotzdem meinen Kalender, um nachzusehen.

Als ich aufsah, um Bryn zu fragen, wer es war, stand Cris in meiner Tür.

Er kam nicht in mein Büro spaziert; er kam gesprungen. Bis ich von meinem Stuhl aufgestanden war, stand er so nah vor mir, dass ich die Wärme seines Atems spüren konnte. Er verschränkte seine Hände mit meinen und beugte sich vor, sodass sich unsere Stirnen berührten.

„Ich habe dich so sehr vermisst", flüsterte er. Er ließ eine meiner Hände los, damit er meine Haare zurückschieben konnte, um leicht in die Stelle zwischen meinem Hals und meiner Schulter beißen zu können.

Ich atmete den Moschusduft seiner Männlichkeit ein und jeder Teil meines Körpers stimmte sich auf ihn ein, obwohl mein Hirn schrie, dass wir reden müssten. Er war so nah, dass ich nur den Kopf drehen musste und ihn küssen konnte.

Stattdessen wurden meine Knie weich und ich klammerte mich an ihn, während seine Lippen von meinem Hals zu der Wölbung meiner Wange wanderten und schließlich zu meinen Lippen.

Er hob mich hoch, sodass ich mit dem Hintern auf meinem Schreibtisch saß, und beugte den Hals, um meinen Mund mit seinem zu plündern. Mit Cris war es nie einfach nur ein Kuss; es war ein voller Angriff auf alle meine Sinne. Ich ließ meine Hände in seine Jacke gleiten und krallte mich durch sein Hemd in seine Brust.

Er löste sich als Erster von mir und lehnte seine Stirn erneut gegen meine, während wir beide wieder zu Atem kamen.

„Ich muss allein mit dir sein, Ains." Er nahm meine Hand und führte mich aus meinem Büro, wobei er die Lichter ausschaltete und die Tür hinter uns schloss. Meine Finger mit seinen verschränkt, folgte ich ihm zum Aufzug.

Als sich die Tür im Erdgeschoss öffnete, sah ich, dass Cris

seinen Tesla in der Ladezone geparkt hatte, nicht dass er an einem Samstag ein Knöllchen bekommen hätte. Das wusste er, auch wenn er nicht mehr an der Stanford war.

Meine Wohnung, die früher seine Wohnung gewesen war, lag näher, und ich wusste, dass er dorthin fuhr. Er parkte auf dem mir zugewiesenen Platz, da mein Auto noch immer am Kensey-Gebäude stand, stieg aus und kam herum, um meine Tür zu öffnen.

Ich wühlte durch meine Tasche, ehe mir einfiel, dass ich meine Schlüssel in der Schreibtischschublade gelassen hatte.

„Ich habe meinen." Cris zog seinen Schlüssel aus seiner Hosentasche, öffnete die Tür und winkte mich hindurch.

Sobald wir drinnen waren, streifte ich meine Jacke ab und warf sie über die Rückenlehne eines Esszimmerstuhls.

„Komm mit mir." Cris streckte mir die Hand hin und führte mich ins Schlafzimmer, wobei sich seine vollen Lippen, die zu perfekt waren, um sie an einen Mann zu verschenken, an meinen Hals schmiegten.

Es waren nicht nur seine Lippen; alles an ihm war schön. Er sagte mir, dass er es liebte, mir unentwegt in meine hellblauen Augen zu sehen, aber seine moosgrünen mit Flecken von Zimt und Gold verwandelten mein Hirn in eine nutzlose Masse und ich wurde zu Wachs in seinen Händen.

„Lass dein Haar herunter, Ains", flüsterte er und entfernte die Spange, die die langen, nicht zu bändigenden, dunkelkürbisroten Haarsträhnen hielten, die mir bis über die Taille fielen. Jedes Mal, wenn ich angedroht hatte, sie zu kürzen, redete Cris es mir aus.

„Du hast zu viel Kleidung an", sagte er, griff nach dem Bund meines Sweatshirts und zog es mir langsam über den Kopf, während ich mich darauf konzentrierte, mir die Yogahose mit wackelnden Hüften abzustreifen, die ich für das Büro in dem Glauben angezogen hatte, außer Bryn würde mich heute niemand sehen.

Als ich mich von meiner Kleidung befreit hatte, beobachtete

ich Cris, wie er hinter sich griff, sein Hemd über seinen Kopf zog und dabei die Härte seines Oberkörpers enthüllte. Ich fuhr mit den Händen über seine makellose Haut, während er seinen Gürtel öffnete, dann seine Jeans, die er zusammen mit seinen Retropants zu Boden fallen ließ.

Wir legten uns auf das Bett und er drehte sich so, dass er auf mir war. Er leckte sich über seine Fingerspitze und strich mit dem Tastballen über meine volle Unterlippe, dann verteilte er Küsse mit seiner Zunge auf meinem Hals hinunter zu meinem Körper.

„Ainsley. Süße Ainsley."

Ich erschauerte unter seiner Berührung.

„Weißt du, wie sehr ich dich liebe? Darum will ich nicht mehr, dass wir uns verstecken."

Mein Körper bog sich zu seinem hoch, und ich konnte kaum seine Worte zusammenfügen, so wie seine Hände und sein Mund mich folterten.

„Warte." Ich legte meine Handflächen an seine Schultern und drückte zu. „Stopp, Cris."

Er sah mir in die Augen und hielt still.

„Ich will auch nicht mehr, dass wir uns verstecken", sagte ich und fuhr mit den Fingern durch seine Naturlocken.

Cris drehte den Kopf und legte seine Wange auf meinen Bauch. „Bist du sicher?"

Ich nickte. „Es ist Zeit. Ich bin so weit."

Wir liebten uns stundenlang, sättigten unsere Körper und brachten unsere Seelen wieder miteinander in Einklang. Wir redeten, lachten und bestellten etwas zu essen, das wir genossen, ohne uns die Mühe zu machen, uns anzuziehen. Ich liebte Cristobal Avila und es war an der Zeit, dass meine Familie das erfuhr.

ER STELLTE MEINE TASCHEN HINTEN IN SEIN AUTO UND HIELT mir die Tür auf. „Ich muss unterwegs einen Zwischenstopp einlegen und meinen Smoking abholen."

Ich nickte. Mein Brautjungfernkleid war bereits in meinem Elternhaus. Ich hatte es am selben Tag abgeholt, als ich mein Kleid bekam, das ich auf Brodies Hochzeit trug.

Mein Bruder Maddox und Cris' Schwester Alex hatten ihre Beziehung verheimlicht, auch wenn es kein streng gehütetes Geheimnis gewesen war. Als sie ihre Verlobung bekannt gaben, war niemand überrascht.

Würde es genauso für uns sein? Maddox und Alex waren zwanzig Jahre zusammen gewesen, bevor sie bei unseren Familien damit „herausrückten". Wir waren jetzt sechs Jahre zusammen und hatten die ganze Zeit über unsere Beziehung versteckt, wie sie es gemacht hatten. Wir hatten nie die Feiertage zusammen verbracht und waren so weit gegangen, mit getrennten Autos nach Paso Robles zu fahren, wenn wir zur selben Zeit dort waren. Der größte Unterschied war allerdings, dass wir die ganze Zeit zusammengelebt hatten. Irgendwie schien das schlimmer zu sein.

Heute würden unsere Familien erfahren, dass wir sie belogen hatten. Auch wenn ich mich nicht darauf freute, mich den Konsequenzen zu stellen, wäre es weitaus schlimmer gewesen, Cristobal zu verlieren.

„Wir fahren zuerst zu Los Cab und reden mit Alex", sagte Cris, als wir auf den Adelaida Trail einbogen.

Ich stimmte dieser Herangehensweise zu. Wenn wir es seiner Schwester zuerst erzählten und sie auf unserer Seite wäre, würde sie alle anderen dazu bringen, sich anzuschließen. Das hing allerdings davon ab, ob Alex auf dem Anwesen ihrer Familie statt auf der Butler Ranch war.

Cris griff herüber und hielt meine Hand. „Ich habe sie angerufen und gebeten, dass sie sich dort mit mir trifft", sagte er, als könnte er meine Gedanken lesen.

„Das ist gut." Ich sah zum Fenster hinaus auf die Weinfelder, die auf diesem Land schon länger angelegt worden waren, als ich auf der Welt war.

Es war nicht nur so, dass meine Brüder heiraten würden; zwei von ihnen würden auch von der Butler Ranch wegziehen, auf der sie ihr ganzes Leben lang gelebt hatten.

Mein Leben mit Cris änderte sich auch, ob wir unseren Familien von uns erzählten oder nicht.

Vor ein paar Monaten hatte er seine Stelle als angestellter Arzt am Stanford Medical Center verlassen, um medizinischer Leiter bei Geneco zu werden, einem forschungsbasierten Unternehmen, dessen Mission es war, die genetischen Grundlagen des Alterns zu verstehen und zu beeinflussen. Auch wenn die Firma in Palo Alto angesiedelt war, hatte Stanford ihn veranlasst, den Mietvertrag für unser Apartment auf dem Campus auf mich zu übertragen.

Als ich von Brodies Hochzeit zurückkam, war er allerdings mit all seinen Sachen ausgezogen. An jenem Morgen hatte ich das Studioapartment zum ersten Mal gesehen, in dem er seit unserer Trennung wohnte.

Ich realisierte langsam, dass Cris *mir* gesagt hatte. „Weiß Alex, dass ich mit dir komme?"

„Was meinst du?"

„Du hast ‚mit mir' gesagt, nicht ‚mit uns'."

„Wenn ich meine Schwester gebeten hätte, sich mit uns beiden auf Los Cab zu treffen, meinst du nicht, sie hätte gefragt, warum? Du kennst Alex; sie wäre wie ein Hund mit einem Knochen gewesen." Cris drückte meine Hand. „Das hier war meine Idee. Schon vergessen? Ich war derjenige, der darauf gedrängt hat, dass wir uns reinwaschen."

Reinwaschen? Als wäre, was wir gemacht haben, etwas Schmutziges gewesen?

„Hör auf damit." Cris Tonfall war harsch gewesen, aber als ich mich zu ihm drehte, lächelte er mich an. „Ainsley, bitte."

„Bitte, was?"

„Du bist erwachsen und ich auch. Wieso glaubst du, dass es

überhaupt jemanden interessiert, wenn sie erfahren, dass wir zusammen sind?"

„Darüber haben wir geredet."

„Du hast darüber geredet. Ich war anderer Meinung."

Das brachte mich zum Lächeln. Jedes Mal, wenn wir darüber diskutiert hatten, „uns reinzuwaschen", wie er es formuliert hatte, widersprach er dem, was er meine „Paranoia" nannte.

„Es wird alles gut werden, Ains. Vertrau mir." Er drückte noch einmal meine Hand. „Schließ die Augen und meditiere für ein paar Minuten."

„Danke, Doc." Das war ein typischer Ratschlag von Doktor Alternativmedizin-Bring-Dein-Chi-Ins-Gleichgewicht-Avila. Er fuhr voll auf Akupunktur, Schröpfen und Meditation ab, nicht als Ersatz für die traditionelle Medizin, sondern durchaus als eine Verbesserung.

Cris glaubte, dass Menschen eines Tages fünfhundert Jahre und älter werden könnten. Er musste lediglich hinter die wissenschaftlichen Zusammenhänge kommen oder sein Forschungsteam dabei anleiten, diese herauszufinden. Er war nicht der Einzige, der das für möglich hielt. Noch bevor Geneco seinen ursprünglichen Geschäftsplan fertiggestellt hatte, hatte das Unternehmen von einer Risikokapitalgesellschaft 500 Millionen Dollar erhalten.

Er hob meine Hand an seine Lippen und drückte einen Kuss auf jede meiner Fingerspitzen. „Entspann dich, Baby. Du bist ganz verspannt."

Ich rollte meine Schultern und versuchte, die Anspannung loszuwerden, die sich dort eingenistet hatte.

„So ist's gut", ermunterte er mich. Der Mann hatte ein Arsenal an Entspannungsmethoden auf Lager. Einige waren mir lieber als andere, hauptsächlich die, bei denen wir beide nackt sein mussten und einander berührten. Wenn wir nur etwas Zeit für uns allein haben könnten, bevor wir zum Haus seiner Mutter oder zu dem meiner Eltern fahren würden.

„Cris, wo werden wir eigentlich übernachten?"

„Da bin ich mir noch nicht sicher, aber das wird sich von selbst ergeben." Statt nur meine Finger, hob Cris meine Handfläche an seinen Mund und küsste sie, als würde er meine Lippen küssen.

„Du regelst das besser, wenn du vorhast, weiter solche Dinge mit deiner Zunge zu machen."

Sein glühender Blick ließ mich beinahe fragen, ob wir unseren Besuch auf Los Cab ausfallen lassen und uns ein Hotel in der Stadt suchen könnten. Das würde allerdings einen Streit in Gang bringen. Cris würde sagen, ich würde herauszögern, heute das zu machen, worauf wir uns geeinigt hatten, und damit hätte er recht.

„Sie ist hier", sagte er fast geistesabwesend, aber eindeutig erleichtert.

„Hattest du befürchtet, sie würde nicht kommen?"

Er schüttelte den Kopf. „Ich bin nur froh, dass sie sich nicht verspätet hat."

❧ 4 ❧

AINSLEY

Als wir bei dem Haus vorfuhren, in dem Cris aufgewachsen war und seine Mutter mittlerweile allein lebte, wurde mir bewusst, dass ich es noch nie von innen gesehen hatte.

Cris parkte in der kreisrunden Auffahrt und kam herum, um meine Tür zu öffnen. Als ich ausstieg, wartete Alex auf der Veranda.

„Aber Hal-loo", rief sie, während sie um den Tesla herumging. „Das Auto ist fast so schön wie die Frau, die darin fährt." Alex kam herüber, um mich zu umarmen. „Wie geht's dir, Schwester?"

„Prima, danke. Wie geht's dir? Macht Maddox dich schon wahnsinnig?"

„Dein Bruder macht mich schon seit ein paar Jahrzehnten wahnsinnig, Ainsley." Alex lachte. „Aber wenn du die Hochzeit meinst, nein. Er ist toll."

„Spann mich ein, jetzt, da ich endlich hier bin. Was kann deine Faulpelz-Brautjungfer tun, um zu helfen?"

Cris legte einen Arm um meine Schultern.

„Verdammt, seht ihr beide gut zusammen aus." Alex schlug Cristobal mit der flachen Hand auf den Oberarm. „Wieso hast du dieses hübsche Mädel nie gefragt, ob es mit dir ausgeht? Sie wohnt ... wie lange direkt vor deiner Nase? Ich hab den Überblick verloren. Ainsley, wie lange bist du jetzt schon an der Stanford?"

„Äh ... neun Jahre", murmelte ich und warf Cris einen verstohlenen Blick zu. Ich spürte, wie sich die Hitze von meinem Hals zu meinem Gesicht ausbreitete. Es gab nichts, was ich hätte machen können, um es aufzuhalten. Wenn mir etwas peinlich war, wusste die Welt es.

Cris gab mir einen Kuss auf die Stirn. „Gute Idee, Al. Vielleicht sollte ich das machen."

„Oh ... mein ... Gott." Alex legte die Hand auf ihren Mund. „Deshalb sehen wir euch beide nie zusammen. Es ist so offensichtlich."

„Ich dachte, es wird Zeit, dass wir das Versteckspiel beenden, sozusagen."

„Es wird Zeit?" Alex wandte sich mir zu. „Wie lange geht das denn schon?"

„Sechs Jahre", antwortete Cris. Bildete ich mir das ein, oder hatte er ein wenig die Brust gebläht?

Am liebsten hätte ich mich zurück in Cris' Auto verzogen und die letzten zwanzig Minuten zurückgespult. In meiner Zeitreiseversion hätte ich mich von ihm an der Butler Ranch absetzen lassen, ehe er hierherfuhr.

„Ich bin die Erste, der ihr es erzählt habt."

Das war keine Frage, aber Cris nickte trotzdem. Alex rieb sich die Hände.

„Das wird ein Spaß. Und ich bin froh, dass ihr mich ausgewählt habt. Ich meine, es ist klar, warum ihr das gemacht habt. Wer sollte etwas darüber sagen, dass ihr das vor mir geheim gehalten habt – der Königin der geheimen Beziehungen."

Alex zog mich an der Hand zur Haustür. „Kommt, lasst es uns Mama erzählen." Wir fanden sie in der Küche.

„Mama, du kennst doch Ainsley Butler, ja?"

„Natürlich." Sie legte den Löffel hin, mit dem sie etwas auf dem Herd umgerührt hatte, wischte sich die Hände an ihrer Schürze ab und zog mich in eine Umarmung, ehe sie einen Schritt zurücktrat und mir in die Augen sah. „Es ist schön, dich zu sehen, Süße."

Ich versuchte, meine drohenden Tränen wegzublinzeln. Cris' Mom war so nett zu mir und ich hatte mich die ganze Zeit über geweigert, allen die Wahrheit zu sagen. Kein Wunder, dass er gedroht hatte, mit mir Schluss zu machen. „Danke, Mrs. Avila."

„Was ist denn? Warum weinst du? Und bitte nenn mich Lucia."

Ich schüttelte den Kopf und wusste, wenn ich noch etwas sagen würde, würde ich noch mehr weinen. Lucia griff hinter sich und nahm einen Holzlöffel von der Arbeitsplatte. Damit haute sie Cris.

„Au! Wofür war das denn?", rief er aus.

„Jetzt bringst du zum ersten Mal dieses schöne Mädel mit nach Hause zu deiner Mama? Was ist los mit dir?"

Als Alex anfing zu lachen, fiel ich mit ein. Cris sah allerdings verdutzt aus.

„Ich hoffe, alle werden so wie ihr beide reagieren", sagte ich, als ich ihn anstieß.

Lucia nahm meine Hand und führte mich zu einem Stuhl am Küchentisch. „Setz dich. Ich möchte mit dir reden."

Als Alex und Cris mitkamen, scheuchte Lucia sie weg. „Ich will mit Ainsley allein reden. Ab mit euch."

Alex sah Cris schulterzuckend an, aber beide verließen die Küche.

„Hör mir mal zu. Hörst du zu?"

Ich nickte.

„Die Vergangenheit ist lange vorüber, Mija. Möge Gott der Seele meines Alfonsos gnädig sein, aber was er unseren Familien angetan hat ..." Sie schüttelte den Kopf. „So eine schreckliche Verschwendung."

„Danke, Mrs. Avila. Meinen Vater trifft allerdings genauso viel Schuld."

„Lucia. Oder Mama. Mir ist beides recht. Obwohl Sorcha ..., ach, das ist schon in Ordnung. Du nennst sie Ma, nicht?"

Ich lächelte und nickte.

„Jedenfalls denke ich nicht, dass dein Vater es so lange hätte gehen lassen."

„Ich weiß nicht ..."

Lucia tätschelte meine Hand. „Er ist ein ziemlich guter Fang, mein Cristobal. Aber er ist derjenige, der den besseren Preis bekommen hat."

„Danke." Ich spürte, wie sich meine Wangen wieder erhitzten, aber wenigstens hatte ich aufgehört zu weinen.

„Liebst du ihn?"

„Ja. Sehr."

„Gut. Denn er liebt dich mehr. Sehr viel mehr."

„Woher weißt du das?" Ich bezweifelte nicht, dass Cris mich liebte, aber ich wollte wissen, warum Lucia so überzeugt war, dass er mich mehr liebte als ich ihn.

„Eine Madre weiß so was, Mija. Warte, bis du es Sorcha erzählst. Sie wird das Gleiche sagen wie ich."

„Um meine Eltern mache ich mir nicht so viele Sorgen wie ..."

„Ah, deine Brüder." Lucia stand auf und stemmte die Hände in die Hüften. „Ich kann nur sagen, dass euer Timing sehr, sehr gut ist."

„Wie das?"

„Weil sie alle so verliebt sind." Lucia verdrehte die Augen und machte eine kreisende Bewegung mit dem Zeigefinger neben ihrer Schläfe. „Sie sind verrückt davon."

Wir lachten beide.

Alex streckte den Kopf in die Küche. „Was geht hier vor sich?"

Lucia deutete auf sie. „Sie ist auch loca. Das sind derzeit alle.

Hundert Jahre lang keine Hochzeiten und dann heiraten alle innerhalb eines Monats."

„Es ist mehr als ein Monat, Mama."

Lucia riss die Augen auf, als Cris auch den Kopf zur Tür hereinstreckte. „Wartet – gibt es noch eine Hochzeit?"

„Nein ..., nein", stammelte ich. „Es ist nur, dass wir ..., also ... mit Maddox und Alex ..., und wir beide ... bei der Hochzeit."

Lucia stieß Alex mit dem Ellbogen an. „Du sorgst dafür, dass sie den Brautstrauß fängt, ja?"

„DU MUSST NICHT MIT UNS KOMMEN", SAGTE CRIS ZU SEINER Schwester, als sie uns zu seinem Auto hinausbrachte.

„Zuerst mal wollte ich sowieso dorthin. Und zweitens komme ich nicht mit euch; du fährst mir hinterher." Alex schnappte sich Cris' Schlüsselanhänger aus seiner Hand. „Meine sind im Auto." Sie deutete auf ihren BMW, der nicht zu weit vom Tesla geparkt stand.

„Äh, nein", protestierte Cris, aber Alex lachte nur.

„Es sind nur ein paar Kilometer. Was kann ich schon auf ein paar Kilometern anstellen?"

Cris starrte sie verärgert an und kam zu mir. Er hielt meine Hände in seinen und sah mir in die Augen. „Das wird jetzt härter für mich als für dich, Ains."

„Wir müssen nicht –"

Er küsste mich, als würde er ahnen, dass ich sagen wollte, wir müssten das hier jetzt nicht machen. Ich stimmte ihm allerdings zu, dass es am besten wäre, es einfach hinter uns zu bringen.

Der Kuss, von dem ich dachte, er sollte mich zum Schweigen bringen, wurde zu so viel mehr, als Cris mich rückwärts gegen sein Auto schob. Was der Mann mit seinen Lippen und seiner Zunge anstellen konnte. Hätte Alex nicht zugesehen, hätte ich meine Beine um seine Taille geschlungen und er hätte mir machen können, was er wollte.

„Danke, Ainsley. Ich weiß, dass das hier nicht leicht für dich war. Es bedeutet mir viel, dass du das machst."

„Ich liebe dich, Cris."

„Nicht so sehr, wie ich dich liebe. Nicht einmal annähernd."

„Deine Mutter hat das gerade gesagt."

„Wie könnte ich nicht, Ains. Sieh dich doch an. Du bist die schönste Frau im Tal. Vielleicht sogar im Universum. Du bist klug, du bist lustig und du kannst dich eindeutig gegen meine Schwester behaupten." Cris beugte sich hinunter, um Alex anzusehen, die ihn vom Fahrersitz anlächelte. „Und das kann sonst niemand."

„Sie ist eine Butler. Die haben damit alle keine Probleme", witzelte Alex. „Auf geht's, Schwester. Ich muss diesen Tesla fahren. Wie viel hast du eigentlich für dieses Baby bezahlt?"

Cris schüttelte den Kopf und lächelte. „Ungefähr dreimal so viel wie du für deins."

ALS ALEX AN DAS ENDE DER AUFFAHRT KAM, BOG SIE AUF DEM Adelaida Trail nach rechts statt nach links ab und fuhr in die entgegengesetzte Richtung meines Elternhauses.

„Du weißt, dass er mich das nie wieder fahren lassen wird. Ich muss so viel Zeit zum Spielen herausschlagen, wie ich kann." Alex raste zum Highway. „Das wird schon alles, weißt du. Wie gesagt, niemand wird ein Wort sagen, nicht einmal deine Brüder. Was sollen sie sagen? Alles, was sie versuchen könnten – na ja ..., du schneidest ihnen einfach das Wort ab, indem du auf Maddox verweist."

„Ich habe das Gefühl, dass das etwas anderes ist."

„Inwiefern?"

„Maddox hat nicht gelogen."

„Und du schon?"

Darüber dachte ich einen Moment nach. Ich hatte auch nicht

gelogen, außer dadurch, dass ich etwas verschwiegen hatte, so wie Maddox auch. „Ich schätze, du hast recht."

„Der einzige Unterschied ist, dass du und Cris in Palo Alto wart, und Mad und ich haben uns hier ausgetobt, wo uns alle sehen konnten."

Alex bog auf die Vineyard Road und gab wieder Gas, sobald sie vom Verkehr auf dem Highway weg war. „Hey, äh, muss ich mir Sorgen wegen des Safts machen? Ich meine, brauche ich gerade die ganze Batterie auf?"

Ich zuckte mit den Schultern. „Ich habe keine Ahnung. Ich bin es noch nie gefahren."

„Was? Das bringen wir umgehend in Ordnung."

Ich fuhr den Tesla vor dem Haus meiner Eltern vor und sah Maddox, Naughton und Cris auf der Veranda sitzen. Jeder mit einem Glas Wein und einer Zigarre.

„Was ist der Anlass?"

„Brodie hat gerade angerufen –"

„Was?", rief Alex aus. „Oh mein Gott, Peyton hat doch nicht schon ihr Baby bekommen, oder? Ich sollte dort sein."

Ich wusste, dass ich nicht die Einzige war, die am Tag ihrer Hochzeit dachte, die Frau, die jetzt Brodies Ehefrau war, hatte ausgesehen, als könnte sie jeden Augenblick Wehen bekommen. Und das war vor einem Monat gewesen.

Maddox kam zu uns und legte den Arm um sie. „Er hat vor weniger als zwei Minuten angerufen und gesagt, er hat dir eine Sprachnachricht hinterlassen."

Alex holte ihr Handy hervor und sah auf das Display. „Oh, Gott sei Dank. Okay, ich muss schnell los." Sie sah mich an. „Du wirst allein klarkommen; sie wissen es bereits."

Alex saß in ihrem Auto und fuhr weg, ehe ich fragen konnte, was sie meinte. Als ich zu Maddox sah, hatte er die Arme verschränkt und sein übliches breites, selbstgefälliges Grinsen im Gesicht.

„Sie hat uns eine Nachricht geschickt, während du mit Lucia geredet hast", erklärte er.

„Das hat sie gemacht?" Ich schüttelte den Kopf. „Es tut mir leid –"

„Stopp." Maddox hielt eine Hand hoch, dann legte er einen Arm um meine Schultern. „Erstens hat sie gedroht, dass jeder, der dir dumm kommt, sich vor ihr verantworten muss. Zweitens ..." Maddox drehte sich so, dass er mich direkt ansah. „Ainsley, hast du wirklich geglaubt, dass wir hierüber aufgebracht sein würden?"

Dass Maddox für ihn untypischerweise ernst war, brach mir fast das Herz. Jetzt, da es raus war, wurde mir klar, dass ich schon lange hätte nachgeben und es ihnen erzählen sollen. Ich hatte befürchtet, sie wären wütend, und lag damit falsch. Maddox war verletzt.

„Ich weiß nicht ..."

„Wie könnte ich sauer sein, Ains? Alex und ich haben das Gleiche gemacht."

„Es tut mir leid, Maddox. Es war einfach ... Ich weiß nicht."

„Okay, es tut dir leid. Es ist vorbei. Sehen wir nach vorn." Er ging zur Veranda, hielt aber auf halbem Weg an. „Wenigstens hast du dir den ausgesucht, den ich tatsächlich mag."

„Was ist mit Gabe? Den magst du, oder nicht? Und Enzo? Und –"

„Ein Scherz, Ains. Obwohl – um mal kurz ernst zu sein – was dich angeht, ist Cris der Einzige, der dir annähernd das Wasser reichen kann."

Ich sah zu den Weinfeldern hinüber. „Ich liebe ihn praktisch schon mein ganzes Leben lang."

Maddox zwinkerte mir zu. „Das Gefühl kenne ich, Süße."

5

AINSLEY

Naughtons Reaktion, als er erfuhr, dass Cris und ich zusammen waren, unterschied sich nicht von Maddox', wenn er auch nicht so viel dazu sagte. Allerdings war das nichts, was mich beunruhigte. Naughton war in unserer Familie schon immer der Schweigsame.

„Was ist für heute Abend geplant?", erkundigte ich mich. Naughton und Cris zuckten beide mit den Schultern.

„Ich weiß nicht, was die Frauen machen", sagte Naughton, „aber wir Jungs ziehen heute Abend zusammen los."

„Warte mal", sagte Maddox. „Wir können heute Abend nicht ausgehen."

„Warum nicht?", fragte Naughton. „Oh. Vergiss es. Verdammt, Mad, Brodie wird Vater. Wie lange dauert das eigentlich?"

„Das kann ganz schön variieren." Cris meldete sich zum ersten Mal zu Wort, seit Alex und ich angekommen waren.

Ich ging zu ihm und verschränkte meine Hand mit seiner. „Wie läuft's?", flüsterte ich.

„Alles gut", flüsterte er zurück, aber nicht ganz so leise.

Maddox schlang den Arm um meinen Hals und führte mich von Cris weg. „Geheimnisse zu haben, ist 'ne Nummer zu groß für dich, Schwesterchen. Meinen Rekord wird nie jemand brechen."

„Danke, Mad."

„Ach, übrigens, die soll ich dir von Alex geben." Mein Bruder reichte Cris etwas.

„Was ist das?", fragte ich.

„Schlüssel zu ihrem Strandhaus", antwortete Cris. „Hab dir ja gesagt, das würde sich von selbst ergeben."

„Du tust so, als wären wir hier fertig, aber du hast ein sehr wichtiges Detail vergessen."

Cris sah mich an und zuckte mit den Schultern. „Jetzt bin ich überfragt. Keine Ahnung, was du meinst."

Naughton füllte Cris' Weinglas nach, schenkte ein weiteres ein und reichte es mir. „Laird und Sorcha."

„Stimmt ja", stöhnte Cris fast auf. „Wir reden wohl besser mit ihnen. Bist du bereit, Süße?"

„Über die habe ich mir weitaus mehr Sorgen gemacht", sagte ich mit einem Nicken in Richtung meiner Brüder.

Maddox trank von seinem Wein und steckte seine Zigarre an. „Ich muss dich warnen, Cris. Sorcha wird dies als eine Möglichkeit für mehr Enkelkinder sehen."

„Mach dir keine Gedanken, wir müssen nicht −"

Cris brachte mich mit einem weiteren Kuss zum Schweigen, auch wenn dieser nicht ganz so heiß war, wie der, den Alex mit angesehen hatte. Als er seine Handfläche auf meinen Bauch legte, drückte Maddox Cris' Schulter.

„Ist sie ..."

„Noch nicht", erwiderte Cris mit einem Zwinkern.

„Ähm, ... ich bin direkt hier", schaltete ich mich mit einem Schlag auf Maddox' Arm ein. „Wenn du etwas wissen willst, frag mich."

Mein Bruder rieb sich über seinen Oberarm. „Hast du dir Boxunterricht von Alex geben lassen? Verdammt, Ains, das hat wehgetan."

„Komm her", sagte Naughton, legte einen Arm um meine Schultern und führte mich weg von Cris und Maddox. „Ich habe mir Sorgen um dich gemacht, Ains. Hat das an dir genagt? Diese Sache mit Cris?"

Ich nickte. „Wir haben uns zwischenzeitlich getrennt, weil ich niemandem von uns erzählen wollte. Das hast du auf Brodies Hochzeit wahrgenommen."

„Jetzt seid ihr aber wieder zusammen?"

„Ja. Ich kann nicht fassen, dass ich so eine große Sache daraus gemacht habe, es euch Jungs nicht zu erzählen."

„Bradley und ich haben uns versprochen, keine Geheimnisse voreinander zu haben."

„Das ist ein guter Plan, Naught."

Ich beobachtete Cris und Maddox, die zu den beiden kleineren Häusern gingen, die mein Vater auf dem Gelände hatte bauen lassen. Sie gingen in das, in dem Mad gewohnt hatte, ehe er und Alex sich verlobten und auf ihr eigenes Weingut-Anwesen zogen.

„Was habt ihr beide gemacht?", fragte ich, als sie zurückkamen.

„Das geht dich überhaupt nichts an", antwortete Maddox.

Cris legte einen Arm um meine Taille. „Kann's losgehen?" Er wies zum Haupthaus.

Wir wollten gerade hineingehen, als meine Mutter zur Haustür heraus- und die Verandastufen heruntergerast kam. Sie stampfte auf Maddox zu. „Warum hast du mir nicht erzählt, dass Peyton ihr Baby bekommt?"

„Ich war gerade auf dem Weg, Ma", sagte Maddox und wich zurück, bevor sie ihm eine hauen konnte.

„*Tá tú* Lügner!" Sie schüttelte den Kopf, funkelte ihn wütend an und erstarrte, als sie meine Hand in der von Cris sah. „*Tá áthas an domhain orm!*" Sie gab Cris einen Kuss auf die Wange und zog mich dann weg von ihm.

„Was hat sie gesagt?", hörte ich Cris Maddox fragen.

„Ma ist einverstanden. Und zwar voll und ganz." Maddox grinste. „Ich sag's euch: Sie wird euch schon bald wegen Enkelkindern in den Ohren liegen."

„Ich bin dabei", sagte Cris und zwinkerte mir zu. „Was ist mit dir, Ains?"

Vielleicht hätte ich es mit einer witzig-geistreichen Antwort versucht, aber der Ausdruck auf Cris' Gesicht war so ernst. Ich wandte mich wieder zu meiner Mutter. „Wo ist Da?"

„Holt das Auto, damit wir zum Krankenhaus können." Sie ging an der Seite des Hauses entlang und spähte um die Ecke. „Das Baby wird in der Highschool sein, bis er hier ist. Wessen Auto ist das?" Sie deutete auf Cris' Tesla.

„Meins", antwortete er.

„Gut." Meine Mutter packte ihn am Arm. „Das sieht schnell aus. Bring mich zum Krankenhaus." Sie deutete befehlend mit dem Zeigefinger auf mich. „Du fährst mit deinem Da."

Fünf Minuten später saß ich zusammen mit Naughton und unserem Vater, der – wie Maddox entschieden hatte – wohl besser nicht fahren sollte, in Mads Pick-up.

W IR WAREN ETWAS MEHR ALS VIER S TUNDEN IM K RANKENHAUS, als Alex durch die Doppeltür in das Wartezimmer der Geburtshilfestation kam.

„Seht euch das an!", weinte sie und hielt ihr Handy hoch. „Ist sie nicht wunderschön?"

Alle versammelten sich um Alex' Display, nur Cris und ich blieben zurück. Ich zog ihn um die Ecke, reckte mich hoch und küsste ihn.

„Mmm, das gefällt mir", murmelte er und vertiefte den Kuss.

„Danke, dass du darauf bestanden hast, dass wir aufhören, uns zu verstecken", flüsterte ich.

„Zusammen ist es so viel besser, Ains. Oder nicht?"

„Wo sind Cris und Ainsley hingegangen?", hörten wir Alex fragen. „Ich warte hier."

Als wir um die Ecke kamen, hatte sie die Hände in die Hüften gestemmt. „Wird auch Zeit, dass die Turteltauben auftauchen. Ich weiß nicht, was die größere Neuigkeit ist. Ist es Brodies und Peytons Baby oder mein Bruder, der bis über beide Ohren in Ainsley verliebt ist? Ich glaube, das ist ein Unentschieden."

Alex hielt noch einmal ihr Handy hoch. „Dieses Baby, das übrigens das allerschönste Kind auf diesem Erdboden ist, wiegt dreitausendfünfhundertsechzig Gramm, und ihr Name ist ... Ich liebe diesen Namen einfach so sehr."

„Alex! Sag ihn uns einfach", forderte ich sie auf.

„Kismet Kadence Butler."

Im Februar würde es zwei Jahre her sein, dass wir die Nachricht erhielten, dass unser ältester Bruder Kade im Einsatz gefallen war. Dass Brodie und Peyton ihn mit dem zweiten Vornamen des Babys ehrten, trieb mir die Tränen in die Augen.

6

CRISTOBAL

L ag es an dem ganzen Gerede über Hochzeiten und das Kinderkriegen, das meine Ungeduld verstärkte, dass Ainsley und ich unsere eigene Familie gründeten? Oder lag es an der Erleichterung, dass wir endlich in der Nähe unserer Geschwister und Eltern ein normales Paar sein konnten?

Apropos Eltern, auch wenn Sorcha wusste, dass wir zusammen waren, und ich mir sicher war, dass sie es Laird erzählt hatte, wollte ich selbst mit Ainsleys Dad reden.

Als ich ihn in den Wartebereich gehen sah, ging ich zu ihm, ehe mir jemand anderes zuvorkommen konnte.

„Ich habe mich gefragt, ob Sie und ich eine Zeit ausmachen könnten, um uns zu unterhalten, Sir."

Er kniff die Augen auf eine Art zusammen, die seine Lachfältchen vertiefte. „Cristobal, ich kenne dich, seit du ein kleiner Winzling warst. Bitte nenn mich Laird."

„Ja, Sir, ... äh ... Laird. Ähm, ich bin sicher, du hast mittlerweile schon gehört, dass deine Tochter und ich zusammen sind."

Er zog eine Augenbraue hoch, aber das Funkeln in seinen Augen blieb. „Dass ihr zusammen*lebt*, ist das, was ich gehört habe."

„Ja."

Er legte eine Hand auf meine Schulter. „Wenn du und Ainsley Eltern werdet, werdet ihr hierauf zurückblicken und euch wird klar werden, dass die Geheimnisse eures Nachwuchses nicht so leicht geheim gehalten werden können, wie er glaubt."

Ich lächelte. „Wie lange weißt du es schon?"

„Seit kurz nach ihrem einundzwanzigsten Geburtstag."

Also die ganze Zeit lang. „Wusste Sorcha es auch?"

Laird lachte. „Was glaubst du, wie ich es erfahren habe?"

„Da gibt es noch etwas, das ich gern mit dir besprechen möchte, falls du Zeit hast."

„Ich hatte gehofft, du würdest das sagen. Komm, gehen wir ein Stück."

7

AINSLEY

Auch wenn die Hochzeit noch nicht begonnen hatte und ich es niemandem gegenüber zugeben würde, war die von Maddox und Alex von allen drei, die kürzlich stattfanden, meine liebste. Und das hatte nichts mit der Tatsache zu tun, dass die Brautjungfernkleider, die die Braut ausgesucht hatte, die bei Weitem schmeichelhaftesten waren.

Die Zeremonie wurde im Innenhof auf Demetria abgehalten – Maddox' und Alex' Anwesen.

Cris, seine Brüder und Naughton hatten Bradley und mir geholfen, den Ort zu dekorieren. Alex hatte es Peyton überlassen, alle Entscheidungen darüber zu treffen, wie der Innenhof aussehen sollte, und Peyton hatte dafür gesorgt, dass sie alles bereit hatte, nur für den Fall, dass bei ihr die Wehen einsetzen würden. Und es war gut, dass sie das gemacht hatte.

Es gab Hunderte von funkelnden Lichtern, die an der schmiedeeisernen Umzäunung und in den Bäumen aufgehängt werden mussten. Unzählige Töpfe mit Amaryllis, Weihnachts-Narzissen und Weihnachtssternen standen um den Hof und die Weinkellerei herum verteilt, in der der Empfang stattfinden würde.

Ich war in der oberen Etage der Villa, die an Demetrias Weinfeldern stand, und machte mich mit Bradley, Peyton und Alex fertig, während ich ungeduldig darauf wartete, dass Letztere Baby Kismet aus ihren Armen freigeben würde.

„Ich bin dran", sagte ich und nahm ihr die Kleine ab. „Du musst dich anziehen."

Alex schmollte. „Aber Peyton hat gesagt, sobald ich angezogen bin, kann ich sie erst wieder nach der Hochzeit halten."

„Sie wird dir auf dein Kleid spucken, Alex. Sobald du und Maddox offiziell verheiratet seid und alle Fotos gemacht wurden, kannst du sie wieder halten", sagte die Mutter des Babys.

„Ich kann es kaum erwarten." Alex rieb sich über ihren Bauch.

Ich bekam den Blick mit, den Alex, Peyton und Bradley wechselten. „Du redest gerade nicht davon, Kismet später wieder zu halten, oder?"

Alex schüttelte den Kopf und lächelte.

„Oh mein Gott", rief ich und raste hin, um meine zukünftige Schwägerin mit einem Arm zu umarmen, während ich in dem anderen das Baby hielt.

„Du auch?", fragte ich Bradley, die lächelte.

„Noch nicht, aber wir arbeiten definitiv daran."

„Wie kannst du schon wieder so gut aussehen?", fragte Alex Peyton. „Du hast vor fünf Minuten ein Baby bekommen, und du siehst schon wieder aus wie vor deiner Schwangerschaft."

„Es ist schon ein paar Tage her, Alex. Außerdem verzeiht dieses Kleid viel." Peyton glättete die Falten des ärmellosen Kleids, das Alex ausgesucht hatte. Das Design und die Farbe von Peytons unterschieden sich ein wenig von denen, die Bradley und ich trugen. Statt smaragdgrün, war Peytons goldschimmernd und statt tailliert zu sein, hatte ihres eine hohe Taille.

„Ein paar Tage." Alex verdrehte die Augen.

„Du bist wirklich vom Regen in die Traufe gekommen, oder von der Traufe in den Regen, oder wie immer das heißt", sagte ich zu Bradley. „Du hast geheiratet und innerhalb von zwei Monaten bist du Brautjungfer bei zwei weiteren Hochzeiten. Bist du schon überfordert?"

Ehe sie antworten konnte, legte Alex einen Arm um Bradleys Schultern. „Sie gehört zur Familie."

Meine Wangen liefen rot an. „Ich habe mir nichts dabei gedacht."

„Das weiß ich", sagte Bradley. „Und Alex weiß das auch. Ich habe keine Schwestern und meine Mom ist gestorben, als ich zwölf war. Ich stand meiner Tante immer nahe, aber ich hatte nie …" Bradley fing an zu weinen.

„Oh-oh", sagten Alex und Peyton gleichzeitig.

„Was?", fragte ich.

„Fingerzeig für den Schwangerschaftstest." Alex lachte und trat hinter den Paravent, um sich umzuziehen.

Bradley riss die Augen auf, aber dann zuckte sie mit den Schultern. „Wie gesagt, wir versuchen es schon eine Zeit lang."

„Seid ihr so weit? Ich erwarte hörbares Nach-Luft-Schnappen, Applaus und sogar Pfiffe, wenn ihr gewillt seid", sagte Alex hinter der spanischen Trennwand.

Als sie hervortrat, gab keine einen einzigen Laut von sich. Ich wusste nicht, wie es bei Peyton oder Bradley war, aber ich war zu verblüfft, um zu sprechen. Ich hatte noch nie ein Kleid wie das gesehen, das Alex trug, oder eine schönere Braut.

„Sprachlos? So wollt ihr das jetzt machen?"

„Du bist umwerfend", flüsterte Bradley.

Das Kleid war aus antiker Spitze angefertigt, die wirkte, als würde Alex nichts darunter tragen. Es hatte lange Ärmel, eine tiefe Taille und an der Vorderseite öffneten sich zwei Schlitze ab halber Schenkellänge.

Als sie sich umdrehte, sah ich, dass das Kleid einen tiefen Rückenausschnitt und die gleichen Schlitze wie vorn hatte. Nur eine Frau von Alex' Größe und mit ihrer schmalen Statur konnte ein Kleid wie dieses tragen. So klein wie ich war, hätte ich lächerlich darin ausgesehen.

„Damit wirst du Maddox in die Knie zwingen", sagte Peyton lächelnd. „Ich habe keinen Zweifel daran, dass du es darauf abgesehen hast."

Die Tür öffnete sich und Alex duckte sich hinter den Paravent. Sie kam heraus, als sie sah, dass es ihre Mutter und meine waren, die hereinkamen.

Beide zeigten die gleiche Reaktion. Zuerst sogen sie scharf den Atem ein, weinten und sagten dann Dinge in ihren Muttersprachen, die sonst niemand im Zimmer verstand. Das war allerdings auch nicht nötig. Die Gesichtsausdrücke beider Frauen spiegelten Peytons, Bradleys und meinen von vor wenigen Augenblicken wider.

„Ist es Zeit?", fragte Alex.

„*Sí, Mija*", antwortete Lucia und tupfte sich ihre Tränen ab.

„Darf ich einen Moment mit ihr allein haben?", bat meine Mom, sah sich zu uns um und wartete, bis alle gegangen waren, einschließlich mir, die die Tür schloss. Ich war versucht, sie nur einen Spaltbreit offen zu lassen, um zu hören, was sie zu Alex sagen würde, aber das tat ich nicht.

Kurz darauf öffnete sich die Tür und Alex trat heraus, gefolgt von meiner Mutter, die die Treppe hinunter vorging.

Erst als wir alle am Fuß der Treppe standen, drehte Alex sich um, um uns das Geschenk zu zeigen, das sie von meiner Mutter erhalten hatte.

Eine Luckenbooth-Brosche zu tragen, war eine schottische Hochzeitstradition, und ich erkannte die, die Alex trug, wieder. Sie war aus Gold gefertigt und die Krone, die über zwei ineinander verschlungenen Herzen saß, war mit Diamanten und Rubinen besetzt. Ich erinnerte mich daran, dass meine Mom gesagt hatte, sie hätte sie von meiner Großmutter väterlicherseits geschenkt bekommen.

Die Tradition war, dass sie, kurz bevor sie zum Altar schritt, an die Braut des ältesten Sohnes übergeben wurde. Ich weiß nicht, ob meine Mutter Alex von ihrer Bedeutung erzählt hatte, oder ob Peyton, Bradley oder Lucia sie kannten, aber ich kannte sie, und mir schossen die Tränen in die Augen.

ALS WIR BRAUTJUNGFERN HINAUSTRATEN, SAH ICH CRIS MIT Brodie, Maddox und Naughton, der der Trauzeuge war, dastehen.

Mir wurde erst jetzt bewusst, dass Cris der einzige von Alex' Brüdern war, den Maddox gebeten hatte, an seiner Seite zu stehen. Mir war nicht klar gewesen, dass die beiden sich so nahestanden.

Mein lieber Cristobal sah attraktiv aus in seinem dunkelgrauen Smoking, bei dem ich es kaum erwarten konnte, ihn ihm später auszuziehen. Sein Blick wanderte an meinem Körper auf und ab und ließ mich wissen, dass er gerade das Gleiche dachte.

Peyton nahm ihren Platz als Trauzeugin ein, nachdem Bradley und ich zu den Männern gegangen waren, die bei dem Pfarrer warteten. Die Musik, die von der Kellerei in den Innenhof hinausgespielt wurde, änderte sich und die Tür der Villa wurde geöffnet.

Es war nicht so, als hätte ich die unterschiedlichen Gesichtsausdrücke meines Bruders Maddox nicht schon gesehen – er besaß von all meinen Geschwistern, vielleicht von allen, die ich kannte, das ausdruckstärkste Mienenspiel –, aber der Ausdruck auf seinem Gesicht, als Alex am Arm ihrer Mutter zur Tür herauskam, war einer, den ich noch nie zuvor gesehen hatte.

Jeder verdiente Liebe, und zwar eine große Liebe, aber was er und Alex miteinander hatten, war eine großartige Leidenschaft. Die Tragödie, die es hätte werden können, wenn sie nicht schließlich eingestanden hätten, welche Hingabe sie füreinander empfanden, wäre shakespearisch gewesen. Es war, als wären die beiden wie füreinander geschaffen, was ihr Temperament, ihren Humor, ihre Lust aufs Leben und ihre offensichtliche Schönheit betraf.

Die Zeremonie war traditionell presbyterianisch, bis es zu den Gelübden kam, von denen der Pfarrer sagte, Alex und Maddox hätten sie füreinander geschrieben. Sie seien geweiht durch Gott, sagte er, aber sie würden privat bleiben. Ich war enttäuscht, aber nur, weil ich neugierig war. Gleichzeitig beneidete ich sie um eine Liebe, die so tief war, dass es nur wichtig war, was der andere dachte, sonst niemand.

„DARF ICH UM DIESEN TANZ BITTEN, NIÑA BONITA?"

Ich legte meine Hand in die von Cris und ließ mich von ihm um die provisorische Tanzfläche herum führen, die im Verkostungsraum geschaffen worden war.

„Das war eine wunderschöne Hochzeit, findest du nicht auch?", fragte ich, als ich meine Wange an seine Schulter lehnte.

„Und auch mit einer wunderschönen Brautjungfer."

„Deine Schwester leuchtet von innen heraus." Ich fragte mich, ob er wusste, dass Alex schwanger war, oder ob es überhaupt irgendjemand wusste. Einige Leute, die heute Abend hier waren, vermuteten es wahrscheinlich, da das Einzige, was in ihrem und Maddox' Gläsern perlte, Mineralwasser war.

„Morgen ist Weihnachten", murmelte Cris. „Unser erstes zusammen."

In der Vergangenheit hatten wir davon gesprochen, unseren Familien zu erzählen, wir könnten Palo Alto aus irgendeinem Grund nicht verlassen, nur damit wir einen Weihnachtsmorgen zusammen verbringen könnten. Aber das hatte keiner von uns beiden fertiggebracht.

„Ich schätze, wir sollten entscheiden, was wir morgen machen ..."

Cris lächelte. „Wir werden so lange wie möglich ausschlafen, einen Strandspaziergang machen, frühstücken – nur wir beide –, dann werden wir am Nachmittag unsere beiden Familien besuchen."

„Cris ... ich ... äh ... ähm ..."

„Du hast mir nichts zu Weihnachten besorgt?"

So war es, aber woher wusste er immer, was ich dachte?

Wir hatten Schluss gemacht. Nachdem er dann vergangenes Wochenende zum Kensey-Gebäude kam, waren wir nur getrennt voneinander, wenn er gearbeitet hatte oder ich unterrichtet oder meinen Schriftkram für das Semester beendet hatte. Ich hatte ein paarmal versucht, etwas online für ihn zu besorgen, aber nichts schien das Richtige zu sein.

„Ich hoffe, du hast nichts für mich besorgt ...“

„Nur etwas Kleines, Ains.“ Er beugte sich vor und strich mit seinen Lippen über meine. „Du hast mir das gegeben, was ich am meisten wollte. Das Einzige, was ich wollte.“

„Es tut mir leid, dass ich so lange darauf bestanden habe.“

„Nicht nötig. Was habe ich Maddox vor ein paar Tagen sagen hören? Es ist vorbei. Wir sehen nach vorn.“

Als das Lied, zu dem wir tanzten, zu Ende war, führte Cris mich dorthin, wo Alex und Maddox standen und sich mit Peyton und Brodie unterhielten, der Kismet in seinen Armen hatte.

„Sie ist so wunderschön, Brodie.“ Ich gab dem Baby einen Kuss auf den Kopf.

„Ich würde dich sie halten lassen, aber vor dir stehen zwei Leute in der Schlange an.“

Ich sah Peytons beide Söhne aus einer anderen Ehe, Jamison und Finn, geduldig warten.

„Wer hat den Münzwurf gewonnen und ist als Nächster dran?“, fragte ich.

Finn hob die Hand in die Luft. „Ich!“

„Weil er geschummelt hat“, sagte Jamison.

„Gar nicht.“

Der ältere der beiden schüttelte den Kopf. „Es spielt keine Rolle. Selbst wenn ich sie zuerst hätte halten dürfen, hättest du mich sowieso alle fünf Sekunden genervt, dass du jetzt dran wärst.“

„Ich bezweifle, dass einer von euch jemals darum gestritten hat, mich zu halten.“ Ich stieß Brodie an, der den Kopf schüttelte und sich dann neben Finn setzte und sich versicherte, dass er den

Kopf seiner Schwester stützte und sie festhielt, aber nicht zu fest.

Ich lehnte mich zurück, weil ich dachte, Cris würde hinter mir stehen, aber es war Maddox, der seine Hände auf meine Schultern legte. Ich spähte auf den Ring an seiner linken Hand, dann drehte ich mich um und stellte fest, dass Cris mit Alex tanzte.

„Mir gefällt dein Ring."

„Eine schottische Distel."

Ich verdrehte die Augen. „Ja, Mad. Ich weiß."

„Hast du Al's Ring gesehen?"

Das hatte ich, aber bis Alex mich beiseitezog, um damit zu prahlen, war mir nicht klar gewesen, dass sie ihn zum ersten Mal gesehen hatte, als mein Bruder ihn ihr während der Zeremonie über den Finger schob.

„Ich kann nicht glauben, dass ihr das Gleiche füreinander ausgesucht habt, ohne dass ihr beide es wusstet."

Alex' Ring hatte auch das Motiv einer schottischen Distel, aber er war weitaus aufwendiger als Mads gearbeitet. Ihrer war aus Platin mit einem großen Diamanten in der Mitte und mehreren kleineren um den ganzen Ring herum.

„Weißt du, warum wir nie darum gestritten haben, dich zu halten?", fragte er.

„Ich habe nur einen Witz gemacht, Maddox."

„Ich nicht. Das lag daran, dass Kade immer zuerst kam. Er hat stundenlang mit dir auf der Vorderveranda gesessen und dich in den Schlaf gewiegt. Selbst nachdem du die Augen zugemacht hattest, hat er dich weiter gehalten. Ma hat mit ihm geschimpft und gesagt, dass du nie allein einschlafen würdest, wenn er dich so viel hält, aber er hat sie ignoriert."

„Er hat Ma ignoriert? Bis dahin hatte ich dir geglaubt, Maddox. Sag mir die Wahrheit, hat Kade mich überhaupt einmal gehalten?"

„Es stimmt, Lass", sagte unsere Mutter, die zugehört hatte, wie ich jetzt erst bemerkte.

Gleich nachdem Maddox unsere Mutter um einen Tanz gebeten hatte, kam Naughton zu mir und kniff mich in die Wange. „Du siehst ungefähr eine Million Mal besser aus als auf der letzten Hochzeit."

„Danke, Naught. Ich weiß das Kompliment so zu schätzen."

„Ich habe gehört, dass du und Mad über Kade gesprochen habt. Ich erinnere mich daran, dass er dich die ganze Zeit über gehalten hat.

„Ich wette, du warst nicht der Zweite in der Schlange."

Ich bemerkte das kurze Aufblitzen von verletzten Gefühlen auf seinem Gesicht. „Tut mir leid. Das war nicht witzig."

„Ich schätze, den hattest du gut bei mir, weil ich dir gesagt habe, dass du auf Brodies Hochzeit scheiße ausgesehen hast."

Ich versetzte ihm einen Schlag. „Ich lach mich schlapp, Naughton."

Ich beobachtete, wie Brodie Finn half, das Baby an seinen Bruder weiterzureichen. „Aber es ist traurig, nicht wahr?"

„Was meinst du, Ains?"

„Dass Kade nicht hier ist, um zu sehen, wie Maddox heiratet, so wie er nicht auf deiner Hochzeit war oder auf Brodies."

Naughton legte den Arm um mich und gab mir einen Kuss auf die Stirn. „Wir vermissen ihn alle, Süße."

8

AINSLEY

ls wir in der Einfahrt zu Alex' Strandhaus parkten, war das Erste, was mir auffiel, ein Baum, geschmückt und erleuchtet, im Vorderfenster.

„Ist das nicht süß? Bei allem, was los war, hat sie trotzdem einen Weihnachtsbaum besorgt. Wow."

Cris lächelte und nickte, aber sobald wir drinnen waren, wurde mir mein Fehler klar. Alex hatte keinen Baum besorgt; das war Cris, und irgendwie hatte er es geschafft, heimlich einen Karton mit Dekoration mitzunehmen.

Wir hatten immer einen Baum geschmückt und Weihnachten vorgefeiert, nur wir beide, bevor wir zu unseren Familien fuhren.

„So schön du in diesem Kleid aussiehst, brauche ich dich nackt, Ains."

Ich lächelte und zupfte an seinem Revers. „Ich habe auf das Gleiche gewartet, seit ich dich in diesem Smoking neben meinem Bruder habe stehen sehen."

Wir streiften uns unsere Hochzeitskleidung ab und setzten uns nackt in eine Decke gewickelt vor den Baum. Es fühlte sich nicht viel anders als unsere anderen Weihnachten an, nur dass wir dieses Jahr keine getrennten Wege gehen würden.

Zum ersten Mal in sechs Jahren würden wir die Feiertage zusammen verbringen. Mein einziges Bedauern war heute Abend, dass ich keine Geschenke für ihn hatte, die er am Morgen öffnen konnte.

„Ich liebe dich, Ainsley", sagte Cris, als hätte er – wieder einmal – meine Gedanken gelesen.

„Cris, ich …"

„Du liebst mich auch? Wolltest du das sagen?" Er beugte sich vor und küsste mich. „Das ist alles, was ich mir zu Weihnachten wünsche, mi Amor." Er küsste mich wieder und drückte mich langsam auf meinen Rücken zurück. „Genau genommen ist mir doch noch etwas anderes eingefallen, was ich mir wünsche. Ich habe deine Sommersprossen vermisst."

Ich kicherte. „Seit heute Morgen?"

Er fuhr mit seiner Zunge über meinen Hals hinunter zu meinen Brüsten. „Die habe ich am liebsten." Er zog mit den Fingerspitzen eine Linie über meine Haut, die an meinem Nippel endete. „Obwohl ich diese auch sehr mag."

Ich bog den Rücken durch, als er die Spitze in seinen Mund saugte und mein Fleisch mit einer Hand drückte, während die andere meine Muschi umfasste.

„Ich muss in dir sein, Ains. Mit nichts zwischen uns."

Wir hatten uns noch nie ohne ein Kondom geliebt, und das war mein Wunsch gewesen. „Das will ich auch, Cris."

Ich erschauerte, als er seine Härte langsam in mich schob.

„Oh mein Gott", stöhnte er, als er einen Moment lang stillhielt, ehe er mich hart nahm, wie ich es mochte. „Ich liebe dich, Ainsley."

Cris und ich hatten uns Hunderte Male geliebt, doch heute Nacht fühlte es sich anders an, beinahe neu. Es war mehr, als dass keine Barriere zwischen uns war. Jetzt, da wir mit unseren Familien ehrlich gewesen waren, fühlte es sich an, als hätte sich unsere Liebe vertieft.

· · ·

Es war fast fünf Uhr morgens, als mich etwas aus dem Schlaf riss. Ich dachte, ich hätte ein Geräusch gehört, aber Cris hatte sich nicht gerührt, also hatte ich womöglich geträumt.

Ich streckte mich, glitt aus dem Bett und sah einen von Alex' Bademänteln an der Rückseite der Schlafzimmertür hängen. Als ich zum Badezimmer tappte, bemerkte ich, dass die Weihnachtsbaumbeleuchtung noch immer eingeschaltet war. Ich hätte schwören können, Cris hatte sie ausgeschaltet, bevor wir ins Bett gingen, aber vielleicht war sie an einer Zeitschaltuhr angeschlossen.

Anstatt wieder schlafen zu gehen, schlich ich mich in Alex' Küche, um Kaffee zu machen.

Im dritten Schrank, den ich öffnete, fand ich Kaffeebohnen, sowie eine French-Press-Kanne und einen Kupferkessel, um Wasser zu kochen. Ich betrachtete den Kessel für einen Moment, während ich ihn füllte; etwas an ihm kam mir bekannt vor. Vielleicht hatten meine Eltern so einen. Ich drehte mich um, um ihn auf den Herd zu stellen, und hätte fast geschrien, als ich jemanden draußen vor der Hintertür stehen sah.

„Da? Was machst du hier?", flüsterte ich, als er einen Finger über seine Lippen legte, um mich zum Schweigen zu bringen. „Komm herein."

„Nur ganz kurz." Er hastete an mir vorbei und stellte eine Kiste auf die Arbeitsplatte. „Das sollte ich dir gestern Abend geben und habe es vergessen. Deine Ma hat es heute Morgen gesehen und darauf bestanden, dass ich losfahre, um es herzubringen."

Meine Mutter war schon immer lange vor Tagesanbruch auf – wahrscheinlich das Ergebnis, so viele Jahre lang mit einem Weingutbesitzer verheiratet zu sein.

„Was ist das?"

„Ich weiß es nicht, Ainsley. Das ist für dich, aber es ist schwer."

Er machte einen Schritt vor und gab mir einen Kuss auf die Wange. „Frohe Weihnachten, mein geliebtes Kind."

„Frohe Weihnachten, Da. Bitte sag Ma, dass wir später kommen werden."

Als der Kessel anfing zu summen, raste ich hin, um den Herd auszuschalten, bevor Cris aufwachte. Als ich mich wieder umdrehte, war mein Vater verschwunden.

Ich spähte in die Kiste und sah ein eingepacktes Geschenk. Ich versuchte, es herauszuheben, aber es war zu schwer, deshalb kippte ich stattdessen die Kiste um und zog es auf die Arbeitsplatte.

Auf dem Schildchen stand „Cristobal" in einer Handschrift, die meiner ähnlich war. Weil die von meiner Mutter und mir fast identisch waren, vermutete ich, dass das Geschenk von meinen Eltern war. Wenigstens hatten wir ein Geschenk, das wir an diesem Morgen öffnen konnten, auch wenn es nicht von mir war.

„Was ist das? Habe ich den Weihnachtsmann verpasst?" Cris kam in die Küche, mit nacktem Oberkörper, die Haare verwuschelt, seine Pyjamahose hing ihm lose auf den Hüften. Er war ohne Frage der sexyste Mann auf dem Planeten.

Mein ganzes Leben lang hatte ich Cristobal Avila geliebt, seit dem ersten Mal, als ich ihn sah. Damals war ich ein kleines Mädchen gewesen, aber irgendwie hatte ich an diesem Tag gewusst, dass er mich auch lieben würde. Darum hatte ich mich nur an der Stanford beworben und darum hatte ich ihn nie aufgegeben, selbst als er sich verhalten hatte, als wäre er nicht einmal daran interessiert, auch nur mit mir befreundet zu sein.

Wir hatten oft darüber gesprochen und es fiel mir schwer zu glauben, dass er mich insgeheim auch wollte, wie er gesagt hatte, seit dem Tag, an dem er mich im Collegehof sitzen sah. Nur der Gedanke, dass ich zu jung für ihn war, hatte ihn zurückgehalten, auf meine „magnetische Anziehung" hin zu handeln, wie er es genannt hatte.

„Die gleiche Anziehung habe ich von dir gespürt", hatte ich ihm da erzählt. „Genau so habe ich es beschrieben."

Nicht auszudenken, dass ich ihn fast verloren hätte.

Cris legte seine Hand an meine Wange. „Was ist, Niña bonita?"

Ich schüttelte den Kopf. „Es ist nichts."

„Erzähl's mir", ermunterte er mich.

„Ich bin nur wirklich froh, dass wir zusammen sind."

„Frohe Weihnachten." Er schlang die Arme um mich, umfasste meinen Hintern und zog mich näher zu sich. „Warum sind wir so früh auf?", murmelte er.

„Mein Vater ..." Ich schmiegte mich an ihn und Cris trat einen Schritt zurück.

„Dein Vater?"

Ich lachte über seinen verdutzten Gesichtsausdruck. „Er war hier. Aber jetzt ist er weg."

„Er war hier?"

„Er hat vergessen, mir das gestern Abend zu geben." Ich wies zu der Kiste auf der Arbeitsplatte. „Das ist für dich." Ich deutete auf das eingepackte Geschenk. „Es tut mir leid, zugeben zu müssen, dass es nicht von mir ist."

„Von wem ist es?"

„Von meinen Eltern, denke ich, aber es ist seltsam, dass sie es dir nicht einfach nachher geben wollten. Sie wissen, dass wir kommen werden."

„Vergiss diesen Gedanken nicht. Ich bin gleich wieder da." Cris ging wieder den Flur zurück, vermutlich um das Badezimmer zu benutzen. Ich machte den Kaffee fertig.

Als er zurückkam, war ich enttäuscht zu sehen, dass er einen Stanford-Hoodie angezogen und die Hände in der Vordertasche hatte.

„Ist dir kalt? Wir könnten ein Feuer machen."

„Das ist eine ausgezeichnete Idee." Cris legte zwei Holzscheite in Alex' Kamin übereinander, warf etwas Zeitungspapier hinein und zündete es an. „Rieche ich da Kaffee?"

„Er wird in ein paar Minuten fertig sein. Ich dachte daran, Frühstück zu machen, aber ich weiß nicht, ob Alex viel ..."

Ich öffnete die Kühlschranktür und fand Orangensaft, Eier, frisches Gemüse und Speck vor. Ich lächelte. „Du?"

Cris nickte und lächelte auch.

SEITE AN SEITE MACHTEN WIR OMELETT MIT SPECK, GENAU SO wie wir es üblicherweise am Wochenende machten. Cris holte einen Laib frisches Sauerteigbrot heraus und machte Toast.

„Sollen wir an der Küchentheke essen?", fragte Cris und wartete meine Antwort nicht ab, als er das Paket hochhob, das dort lag. „Holla. Das ist schwer." Er stellte es unter dem Baum ab. „Was ist da drin?"

Ich zuckte mit den Schultern. „Ich habe wirklich keine Ahnung."

„ICH KANN MIR KEINEN BESSEREN WEIHNACHTSMORGEN vorstellen", sagte Cris zwischen zwei Bissen Frühstück.

„Ich auch nicht, und mir gefällt dieses Haus." Ich hatte mich augenblicklich wohlgefühlt, als wir gestern Abend hereingekommen waren, und obwohl ich noch nie hier war, hatte ich das Gefühl, als wäre es doch so gewesen. Hätte Cris nicht gerade erst bei Geneco angefangen und ich wäre nicht an der Stanford, um meinen Doktor zu machen, hätte ich mir vorstellen können, in einem Haus wie diesem am Strand zu wohnen. Verglichen mit dem, was wir in Palo Alto für die durchschnittlichen Kosten der Häuser in dieser Gegend bekommen könnten, war Alex' hundertzehn Quadratmeter großes Haus praktisch eine Villa.

Cris brachte meinen und seinen Teller zur Spüle. „Geschenke jetzt oder wieder zurück ins Bett und Geschenke später?"

„Oh, zurück ins Bett. Definitiv."

DIE SONNE WAR SCHON VOR MINDESTENS ZWEI STUNDEN aufgegangen, als wir wieder vor dem Weihnachtsbaum saßen.

„Was ist das?", fragte ich, als ich ein kleines Päckchen bemerkte, das auf dem für Cris lag.

„Ich weiß es nicht. Lass uns nachsehen." Cris führte mich zu einem Sessel. „Sieht so aus, als wäre unser Feuer ausgegangen. Ich werde es wieder in Gang bringen."

„Du warst ganz schön fleißig", sagte ich, während er im Holz stocherte. „Der Baum, die Lebensmittel, die Geschenke …"

Cris kniete sich vor mich. „Ich wollte, dass es perfekt ist, Ainsley." Er hielt mir das Päckchen hin, das auf seinem Geschenk gelegen hatte. „Mach es auf."

„Machst du deins nicht auf?"

„Gleich."

Ich knotete das Geschenkband auf und schnappte hörbar nach Luft, als ich sah, dass es eine Ringschatulle war. Cris nahm sie mir aus der Hand und sah mir in die Augen.

„Ainsley, meine süße Ainsley. Wirst du mich heiraten?" Er klappte sie auf, aber ich konnte den Inhalt nicht durch meine Tränen sehen.

„Ja, ich werde dich heiraten", antwortete ich weinend. Ehe ich noch etwas anderes sagen konnte, küsste Cris mich.

„Ich liebe dich, Ainsley." Er nahm meine linke Hand in seine und ließ den Ring auf meinen Finger gleiten. Er passte perfekt.

„Ich liebe dich auch, Cris."

„Gefällt er dir?"

„Ich liebe ihn."

„Du hast ihn dir noch nicht einmal angesehen", zog er mich auf.

„Ich liebe ihn trotzdem." Ich legte meine Hand auf seine und schnappte ein zweites Mal nach Luft, als ich mir den Ring genauer ansah, den er mir geschenkt hatte.

Er war dem schottischen Distelring von Alex ähnlich, aber gleichzeitig ganz anders. „Gold passt besser zu deiner Haut", murmelte er, als ich die Fassung betrachtete und die Steine, die sie zierten. Kleine Smaragde bildeten die Form eines Herzens und in der Mitte saß ein Diamant im Prinzess-Schliff. Ich hatte in meinem Leben so viele traditionelle schottische Ringe gesehen, aber keinen so schönen wie diesen.

Cris wischte mir die Tränen von meinen Wangen. „Glücklich?"

„So viel mehr als glücklich."

Er lächelte und sah zum Feuer.

„Jetzt öffne deins. Es tut mir leid, dass es –"

„Schh. Ich habe es dir gesagt, Ainsley. Ich habe alles bekommen, was ich mir zu Weihnachten gewünscht habe. Es hätte kein besseres Geschenk geben können."

Ich lehnte den Kopf an seine Schulter und schlang die Arme um ihn. „Mach es trotzdem auf", flüsterte ich.

Cris setzte sich auf den Fußboden und zog das Paket näher zu sich. „Es fühlt sich an wie Bücher." Er zog eine Augenbraue hoch. „Willst du damit sagen, dass es Zeit ist, wieder zurück zum Studieren zu gehen?"

Ich hielt die Hände hoch. „Nicht von mir. Schon vergessen?"

Er riss das Papier auf und hob den Deckel des Kartons an.

„Ainsley, ... ich bin sprachlos."

Das war ich auch. Die Bücher in dem Karton kannte ich. Sie gehörten zu Kades wertvollsten Besitztümern. Ich erinnerte mich daran, als er sie im hinteren Teil eines alten Buchladens gefunden hatte – allerdings konnte ich mich jetzt nicht mehr entsinnen, wo der gewesen war, nur an seine Begeisterung, sie gefunden zu haben.

Der Satz, in originalem und seltenem Saffianleder-Einband, war eine Erstauflagen-Sammlung der Werke von Charles Darwin.

Sie war unbezahlbar, aber noch mehr für Cris, wegen seines Arbeitsfelds.

Die Einbände waren abgenutzt und hatten hier und da dunkle Flecken, aber die eingeprägten Illustrationen im Inneren waren in perfektem Zustand.

„Ich ... Ich ..." Cris lachte. „Ich bin buchstäblich sprachlos. Ainsley ... Ich ... Die sind unglaublich ... Das ist unglaublich."

In meinem Kopf überschlugen sich die Gedanken. Kade hatte es *gewusst*. Irgendwie hatte er herausgefunden, dass ich in Cristobal verliebt war und er diese Sammlung weitaus mehr als jeder andere schätzen und ihren Wert kennen würde.

Dabei ging es jedoch nicht um den finanziellen Wert der Bücher. Das wirkliche Geschenk war, was sie bedeuteten, besonders einem Mann der Wissenschaft.

Ich beobachtete Cris, als er behutsam jeden Band berührte, ihn aufschlug und seinen Inhalt wieder und wieder kopfschüttelnd bewunderte.

Er legte das Buch in seiner Hand auf der Decke vor dem Baum ab, griff in den Karton und holte einen Briefumschlag heraus.

„Der ist für dich."

Ich erkannte die Handschrift – es war die meines Bruders. Da wurde mir bewusst, dass es dieselbe wie die auf Cris' Geschenk war.

MEINE LIEBE, KLEINE SCHWESTER,

ICH FRAGE MICH, OB DU WEIßT, WIE KOSTBAR DU MIR WARST. MA hat immer gesagt, es wäre an mir, dir das zu, sagen: Als du geboren wurdest, war ich derjenige, der deinen Namen ausgesucht hat.

. . .

ER BEDEUTET WIESE, ABER FÜR MICH STEHT ER FÜR JEDE ZARTE Blume, jedes empfindliche Blatt, jeden Grashalm, der sanft in der Brise weht.

DEIN HERZ IST VOLL VON ALLEM SCHÖNEM, WAS MAN IN DEN Wiesen rund um die Butler Ranch findet, wo ich so gesegnet war, dich aufwachsen zu sehen.

DIR WIRD MITTLERWEILE VIELLEICHT BEWUSST SEIN, DASS ICH VON deinen Gefühlen für Cristobal wusste. Er ist ein feiner und guter Mann, der dich sogar noch mehr lieben wird, als du ihn liebst. In meinem Herzen weiß ich, dass ihr füreinander bestimmt seid, genauso, wie du es immer wusstest.

MIT ALL MEINER LIEBE
   Kade

ICH WUSSTE NICHT, WIE LANGE CRIS MICH GEHALTEN HATTE, während ich weinte. Er strich mit seinen Fingern durch meine Haare, liebkoste mich und kümmerte sich um mich, genau so, wie Kade es gewusst hatte.

„Dein Bruder hat dich so sehr geliebt, Ains."

„Ich kann nicht glauben, dass er von uns wusste."

„Nicht nur er." Cris erzählte mir von seiner Unterhaltung mit meinem Vater gestern.

„Willst du damit sagen, dass sie es alle wussten? Genauso wie wir von Maddox und Alex wussten?"

„Nicht alle. Nimm's mir nicht übel, Süße, aber ich glaube nicht, dass deine Brüder den gleichen IQ wie du und deine Eltern

haben. Oder vielleicht ist es ein Mangel an sozialer Wahr-
nehmung."

Ich zuckte mit den Schultern. Es hatte eine Zeit gegeben, in
der ich vielleicht gedacht hätte, sie würden es nicht wissen, weil
es sie nicht interessierte. Die Unterhaltungen, die ich während
der vergangenen zwei Tage hatte, zusammen mit Kades Brief,
bewiesen mir das Gegenteil.

9

CRISTOBAL

Der Klang von Ainsleys Lachen schallte durch das Zimmer und erwärmte mein Herz. Es war nicht so, als hätte ich sie noch nicht zusammen mit ihrer Familie gesehen. Über die Jahre waren wir beide auf Veranstaltungen der Weingüter gewesen, aber bei keiner davon konnte ich hingehen, ihre Haare von ihrem Hals zurückschieben und die weiche Haut unterhalb ihres Ohrs küssen.

„Ich kenne diesen Blick", sagte Maddox, als er mir ein Glas Wein reichte. „Und ja, es ist seltsam, dass du meine Schwester so ansiehst, aber ich schätze, es ist genauso seltsam für dich, wenn du mich dabei ertappst, wie ich Alex begehre."

Ich schüttelte den Kopf und lachte. „Du hast recht. Das ist etwas, was ich mir nicht vorstellen will."

„Pech gehabt. Du hast dich in sie verliebt; dann hast du uns auch am Hals."

„Ich liebe sie so sehr", sagte ich leise vor mich hin.

„Das ist ziemlich verdammt offensichtlich, Kumpel."

„Ich habe sie gebeten, mich zu heiraten."

„Ach ja? Lass mich raten. Silvester?"

Ich schmunzelte. „Von mir aus könnten wir morgen heiraten.

Etwas sagt mir, deine Schwester wird mehr Zeit für die Vorbereitung haben wollen."

„Das habe ich bei deiner Schwester auch gedacht." Er trank einen Schluck Wein. „Hat mir sowas von das Gegenteil bewiesen."

„Alex ist schwanger, stimmt's?"

Maddox stieß ein schweres Seufzen aus und lächelte. „Ja."

„Herzlichen Glückwunsch."

„Ich muss zugeben, ich halte den Atem an und bete, dass alles gutgeht."

„Das wird es. Ich werde mit ihr sprechen, bevor wir zurückfahren. Es gibt ein paar Dinge, die ich verschreiben kann, von denen nichts tatsächlich verschreibungspflichtig ist."

„Du bist ein guter Mann, Cris."

Ich sah ihn an, aber er blickte zu seiner Schwester.

„Du passt gefälligst gut auf sie auf, verstanden?"

„Laut und deutlich."

Ainsley saß im Schneidersitz auf dem Fußboden, stand aber auf und kam zu mir, als ihr Bruder zur gleichen Zeit wegging.

„Du bist älter als er. Du musst dich nicht von ihm triezen lassen", zog sie mich auf.

Ich zog sie in meine Arme. „Das mag vielleicht stimmen, aber allein seine Arme haben den doppelten Umfang von meinen." Sie stand mit dem Rücken zu mir gewandt und lehnte sich an mich.

„Wie lange willst du bleiben?", fragte sie.

„Heute hier bei deinen Eltern oder allgemein in der Stadt?"

„Beides."

„In beiden Fällen habe ich es nicht eilig. Was ist mit dir?"

„Ich weiß, dass es sich merkwürdig anhört, aber etwas sagt mir, wir sollten nicht sofort zurück nach Palo Alto fahren."

Eine Woche später wussten wir, warum.

❧ 10 ❧

AINSLEY

„Wusstest du, dass Alex und Maddox herkommen wollten?", fragte ich Cris, der auf dem Fußboden im Wohnzimmer saß und sich die Bücher ansah, die ich – oder Kade – ihm zu Weihnachten geschenkt hatte.

„Nein." Er stand auf, kam zu mir und sah aus dem Küchenfenster zu seiner Schwester und meinem Bruder.

„Irgendetwas ist los." Keiner von beiden wirkte traurig, aber sie sahen auch nicht fröhlich aus.

Ich raste zur Tür und mir wurde erst bewusst, als ich sie öffnete, dass ich im Grunde dabei war, Alex in ihr eigenes Haus zu bitten.

„Hey, Ains", sagte Maddox und umarmte mich. Ich sah Alex an, in deren Augen Tränen traten. Sie machte einen Schritt zurück.

„Was ist passiert?" Cris kam herbei und legte seinen Arm um meine Taille.

„Setz dich mal, Süße", sagte mein Bruder.

Jetzt kamen auch mir die Tränen wie bei Alex vorher. „Nein. Sag es mir, damit wir es hinter uns bringen."

„Das hier sind gute Nachrichten, Ainsley", sagte Alex und griff nach meiner Hand, aber ich riss sie weg.

„Sag es mir einfach, *verflucht nochmal*."

Maddox sah von mir zu Cris. „Lass sie nicht los", murmelte er.

„Verdammt, Maddox –"

„Ainsley, Kade lebt."

„*Was?*" Ich sog zur gleichen Zeit scharf die Luft ein, als alles um mich herum schwarz wurde.

„Ich hab dir ja gesagt, du sollst dich hinsetzen", hörte ich Maddox sagen, als ich die Augen aufschlug. Ich lag in Cris' Armen und wir waren auf dem Sofa.

„Hast du wirklich gesagt –" Meine Augen füllten sich mit Tränen und ich konnte nicht sprechen.

Alex saß neben uns und hielt meine Hand. „Es ist wahr, Ainsley. Er ist wirklich am Leben."

„Wo ist er?"

„Im Moment ist er bei Brodie und Peyton, aber deine Eltern geben heute ein Abendessen."

In meinem Kopf überschlugen sich die Gedanken. „Wie?"

„Wir kennen noch nicht alle Einzelheiten, aber er ist zu Hause, und er ist gesund, und das ist alles, was zählt", sagte mein Bruder.

„Richtig. Das ist alles, was zählt."

Ich sah in Cris' lächelnde Augen. „Mein großer Bruder *lebt*."

Er beugte sich vor und küsste mich. „Ich hab's gehört."

ZWEI STUNDEN SPÄTER RASTE ICH IN DAS HAUS MEINER ELTERN und in Kades Arme.

„Du hast einiges zu erklären", flüsterte ich, als er mich hochhob und im Kreis herumschwenkte, während ich Freudentränen weinte. „Ich habe gehört, dass du mich die ganze Zeit lang gehalten hast, als ich ein Baby war."

„Genauso war's."

„Maddox hat gesagt, du wolltest mich nicht hergeben, selbst als Ma dir gedroht hat."

Er streichelte mir über die Wange und wischte eine Träne weg. „Könnte so gewesen sein."

„Jetzt bin ich an der Reihe. Ich werde dich nie mehr hergeben."

„Abgemacht."

Selbst als er mich auf die Füße stellte, konnte ich nicht die Augen von ihm losreißen.

„Komm, da ist jemand, von der ich möchte, dass du sie kennenlernst."

Wir gingen zu Cris, der sich mit einer Frau unterhielt, die mir nicht bekannt vorkam.

„Merrigan Shaw, darf ich vorstellen: meine jüngste Schwester Ainsley." Kade beugte sich nah zu mir heran und flüsterte: „Ich habe das noch niemandem sonst erzählt, aber eines Tages werde ich sie heiraten."

„Ich schätze, du wusstest bereits, dass ich ihn heiraten würde", sagte ich, als Cris seinen Arm um meine Schultern legte.

Kade zuckte mit den Schultern und zwinkerte. „Wie gefallen dir die Bücher?"

„Ich habe schon gehofft, du würdest nicht darum bitten, sie zurückzubekommen."

Mein Bruder lachte. „Als ich sie gefunden habe, wusste ich, dass sie eines Tages deine sein würden."

LAIRD

Laird

Ich ging die Stufen hinunter, an der Auffahrt vorbei zum Rand der Weinfelder und drehte mich um, um auf das Haus zu sehen, in dem Sorcha und ich alle unsere sechs Kinder großgezogen hatten. Sogar ich war darin herangewachsen. So viele wunderbare Erinnerungen waren in dem Haus geschaffen worden, das mein Vater, Broderick Butler, gebaut hatte.

Er war mit Anfang zwanzig von Schottland hierher ausgewandert und hatte sich an der Zentralküste Kaliforniens niedergelassen, wo er Arbeit als einer von mehreren Hundert Handwerkern fand, die eingestellt worden waren, um Hearst Castle zu erbauen. Dort lernte Broderick meine Mum, Analise, kennen, eine Änderungsschneiderin, die auch aus Schottland stammte.

Die beiden sparten so lange an allen Ecken, bis sie genügend Geld beiseitegelegt hatten, um das Ranchgelände zu kaufen, das an mich, ihren einzigen Sohn, weitergegeben worden war.

Das Wohnhaus war im Stil eines historischen schottischen Highland-Farmhauses gebaut worden, mit einer behauenen Granitfassade unter einem Schieferdach. Es hatte vier Dachgauben, die mit schwarzen Klappläden verziert waren wie die, an den Fenstern des Erdgeschosses.

Nachdem meine Eltern gestorben waren, hatte ich eine Veranda angebaut, die um alle drei Seiten des u-förmigen Wohnsitzes verlief, sodass Sorcha und ich unabhängig von der Jahreszeit den Innenhof bewundern konnten, den sie umgab. Ich hatte einen kleinen Teich und einen Bogengang angelegt, der zu einem Weg zu der originalen Scheune führte, die meine Jungs und ich in einen Teil der Weinkellerei umgebaut hatten.

Ich hatte auch zwei Steincottages im schottischen Stil bauen lassen, beide zweistöckige Nachbauten des Haupthauses – in einem davon wohnten Sorcha und ich nun.

„Möchtest du mit mir zusammen zum Krankenhaus fahren?", rief mein drittältester Sohn Naughton von der Vorderveranda.

„Aye, Naught."

„Ich sage Bradley Bescheid, dass wir losfahren."

Naughton ging wieder zurück hinein. Das Haupthaus war jetzt seins, und zwar seit kurz nachdem er und seine Frau Bradley geheiratet hatten. Vor drei Monaten hatten sie Sorcha und mir unser achtes Enkelkind geschenkt. Einen Jungen namens Charlie.

Nummer neun kam vor einer Woche zur Welt. Unser ältester Sohn und seine Frau Merrigan hatten ihren Jungen nach mir benannt – Laird.

„Bereit, Da?" Naughton fuhr mit seinem Auto vor mir heran.

Ich setzte mich auf den Vordersitz und band den Schal los, den ich getragen hatte, seit ich heute Morgen hinausgegangen war. Zuerst war ich an ihm vorbeigegangen, aber dann hallte Sorchas tägliche Mahnung in meinem Kopf.

„Es ist da draußen kälter, als du denkst. Fang dir keine Erkältung ein, Männe." An manchen Tagen warnte sie mich, dass die leicht zu einer Lungenentzündung werden könnte. Wie ironisch, dass sie nun an einer litt.

„Maddox hat angerufen. Er war die Nacht über dort und Brodie ist gerade angekommen."

„Aye", sagte ich nickend. Es war gut, dass sie nicht allein war. Sorcha war noch nie gern allein gewesen, und in den sechsundvierzig Jahren, in denen wir zusammen waren, hatte ich dafür gesorgt, dass es selten vorkam. Nur weil sie darauf beharrt hatte, war ich gestern Abend zur Ranch zurückgekehrt. Als er mein Zögern sah, hatte mein zweitältester Sohn angeboten zu bleiben. Sorcha hatte gespottet, ihn aber nicht gedrängt zu gehen.

„Kade hat vor, sie heute auch zu besuchen."

Ich schüttelte den Kopf. „Das sollte er nicht." Mit einem neugeborenen Baby zu Hause, sollte mein Ältester nicht riskieren, dass sich das Kind mit etwas bei seinem Papa ansteckte.

Naughton schmunzelte. „Versuch mal, ihn zurückzuhalten."

„Aye", sagte ich wieder. „Er ist zweifellos der Sohn seiner Mutter."

Als Naught vor dem Haupteingang vorfuhr und der Mitarbeiter des Parkservice meine Tür öffnete, kam Maddox zur Doppeltür des Krankenhauses heraus. Sein Gesicht war aschfahl.

„Was ist passiert?"

„Lass uns reingehen."

Ich erlaubte ihm, sich bei mir einzuhaken.

„Ma ist auf der Intensivstation. Ihre Sauerstoffwerte sind plötzlich abgestürzt."

Ich musterte ihn, ohne etwas zu sagen.

„Können wir sie besuchen?", fragte Naught, der hinter uns herkam.

„Da kann in einer Stunde zu ihr, sagen sie."

Sobald wir im Aufzug waren, schloss ich die Augen und lehnte mich gegen die Rückwand. Meine Sorcha hatte sich schon weitaus Schlimmerem als einer Lungenentzündung stellen müssen und es besiegt.

Die Chancen hatten schlecht gestanden, dass sie den Tag überleben würde, an dem ich die Frau mit den feuerroten Haaren zum ersten Mal in den Armen hielt, sicher, dass sie in ihnen sterben würde. Als sie jedoch ihre dunkelblauen Augen aufschlug und in meine sah, raste ich – mit ihrem schlimm zugerichteten Körper in meinen Armen – zu dem nächsten Sanitäter und flehte ihn an, ihr Leben zu retten.

Es war eine Geschichte, die nie eines unserer Kinder gehört hatte, bis auf Kade, und selbst er kannte sie nicht in ihrem vollen Umfang.

Eines Tages würden meine beiden Töchter sie hören, aber heute würde ich sie Maddox, Naughton und Brodie erzählen. Es war an der Zeit, dass sie die wahre Natur des Lebens erfuhren, das ihre Mutter und ich geführt hatten.

Ich lotste sie in eines der privaten Zimmer, die für die Angehörigen reserviert waren, die ein Familienmitglied auf der Intensivstation hatten. „Setzt euch, Jungs", sagte ich und schloss die Tür hinter uns. „Ich muss euch eine Geschichte erzählen."

BELFAST, NORDIRLAND, JUNI 1972

Mein Undercover-Auftrag sollte für die CIA und den MI6 gemeinsam ausgeführt werden, bei dem ich dem Sicherheitsteam von Großbritanniens Staatssekretär für Nordirland angehörte. Mein wirkliches Ziel war jedoch, die Provisorische Irisch-Republikanische Armee auf eine Weise zu unterwandern, die es mir erlaubte, nah an die Anführer der Organisation heranzukommen.

Ich ging dem Sekretär voran in das Gebäude, in dem ein geheimes Treffen zwischen ihm und Repräsentanten der PIRA stattfinden würde. Da wir als Erste eintreffen sollten, zog ich meine Dienstwaffe, als ich den Raum betrat, und dort saßen bereits zwei Männer am Verhandlungstisch.

„Treten Sie beiseite", wies uns der Sekretär an. Während ich meine Waffe ins Holster schob, behielt ich den Blick auf die Männer gerichtet, die während der vergangenen zwölf Monate zu meinen Hauptzielpersonen gehört hatten.

Auch wenn ich davon ausgegangen war, dass die Organisation von hochrangigen Mitgliedern vertreten werden würde, um über eine Einstellung der Kampfhandlungen zu verhandeln, hatte ich keine Geheimdienstinformationen erhalten, die darauf hindeuteten, dass es der Stabschef der PIRA zusammen mit dem Kommandeur der Belfast Brigade sein würde.

Ihre Anwesenheit machte eines glasklar: Die PIRA befand sich in einem weitaus größeren Aufruhr, als der britische und US-amerikanische Geheimdienst glaubten.

Ich hörte zu, während der Staatssekretär die erste Runde eines Vorschlags für einen Waffenstillstand unterbreitete.

Als ich mitbekam, was die Republikaner verlangten, um dem zuzustimmen, wusste ich, dass das Meeting nirgends hinführen würde. Die erste und komplett unrealistische Forderung war ein völliger Rückzug der Briten aus Nordirland innerhalb von drei Jahren.

Die zweite und gleichermaßen absurde war, dass alle republikanische Gefangenen freigelassen werden sollten, ungeachtet dessen, weswegen sie angeklagt worden waren.

Die britische Regierung hätte das Treffen ebenso gut gar nicht anzusetzen brauchen, im Hinblick darauf, dass sie selbst so gut wie nichts anboten, abgesehen davon, einer friedlichen, republikanischen Opposition zu erlauben, sich aufzulösen.

Auch wenn der Staatssekretär versprach, der britischen Regierung das Gegenangebot vorzulegen, wusste jeder in dem Raum – einschließlich der beiden Männer der PIRA – ganz genau, dass dies nur eine Überbrückungsmaßnahme war, um die Gewalt und das Gemetzel vorübergehend zu beenden, die im Frühling 1970 begonnen hatten.

Die Waffenruhe dauerte insgesamt dreizehn Tage an und endete mit dem, was das Springhill-Massaker genannt wurde, bei dem britische Scharfschützen fünf Menschen töteten und zwei verwundeten.

Innerhalb von fünf Tagen wurden zwölf weitere Menschen getötet, einige auf britischer Seite, einige aufseiten der PIRA und die anderen waren Zivilisten.

. . .

Es war nie meine Absicht gewesen, beim Geheimdienst mitzumischen. Ich war von Technik fasziniert. Mit fünfzehn hatte ich mir selbst die beiden Hauptprogrammiersprachen beigebracht, die zu dieser Zeit angewendet wurden – FORTRAN und COBOL.

Im College belegte ich die dualen Studiengänge in Mathematik und Ingenieurwissenschaft, zwei Fachrichtungen, die sich meiner Meinung nach als zurückgeblieben erwiesen. Statt Zeit zu verschwenden, schloss ich beide in weniger als zwei Jahren ab und verbrachte dann die nächsten beiden in einem dualen Hochschulprogramm.

Rückblickend war es verständlich, warum die Central Intelligence Agency ebenso wie der Secret Intelligence Service ihrer Majestät Interesse an meinen Studien samt den Patenten, die ich anmeldete, zeigten. Ich war ein in Amerika geborenes Kind von im Vereinigten Königreich geborenen Eltern. Wodurch ich die Doppelstaatsbürgerschaft besaß.

Ich weigerte mich, direkt für einen der beiden Geheimdienste zu arbeiten, eine Seltenheit zu der Zeit. Meine Motivation war jedoch kein Mangel an Loyalität oder eine Treue gegenüber einer der beiden Nationen. Stattdessen wollte ich Patente entwickeln und meine Erfindungen sollten mir gehören. Um noch einen Schritt weiter zu gehen, wollte ich kontrollieren, wie die Technik genutzt wurde. Das waren alles Lektionen, die ich gelernt hatte, als ich die Karriere eines Mannes namens Oppenheimer verfolgt hatte.

Es war die CIA, die mich ursprünglich dafür engagiert hatte, in Nordirland zu arbeiten. Bei Amerikas Absicht ging es eher darum, dafür zu sorgen, dass der Nordirlandkonflikt nicht weiter die Ressourcen des britischen Geheimdienstes in Anspruch nahm, und somit seine Aufmerksamkeit vom Kalten Krieg ablenkte.

Durch reines Glück hatte ich die telefonische Warnung mitbekommen, die am einundzwanzigsten Juli um dreizehnhundert Uhr bei der Behörde für den Schutz der Öffentlichkeit eingegangen war. Es war ein Tag, der mein Leben auf eine Weise veränderte, wie ich es mir nie hätte vorstellen können, und der beinahe meine Karriere beim Geheimdienst im Alter von vierundzwanzig Jahren beendet hätte.

„Warum kommt mir dieses Datum bekannt vor?"

„Dir wahrscheinlich nicht, Maddox, aber es ist als ‚blutiger Freitag' bekannt. Das war der Tag, an dem die PIRA die Briten wissen ließ, was sie von ihrer Unwilligkeit, zu verhandeln, hielten. Neun Leute starben und mehr als hundertdreißig wurden verletzt, einige davon schwer."

Ich betrachtete meine drei Söhne aufmerksam, von denen keiner von meiner Erzählung überrascht zu sein schien. Es hatte wohl etwas damit zu tun, erfahren zu haben, dass ihr ältester Bruder nicht nur am Leben war, sondern einen anderen Beruf hatte, als sie geglaubt hatten. Einer, der eher von der Art war, wie ihre Eltern ihn früher einmal ausgeübt hatten – und dem sie in einem gewissen Maß noch immer nachgingen.

„Der einzige Mensch, der für mich persönlich von Bedeutung war, war eure Ma."

DIE ERSTE DER EXPLOSIONEN – EINE AUTOBOMBE – EREIGNETE sich um vierzehnhundertzehn Uhr. Es gab keine Verletzten, aber mehrere Busse und Gebäude in der Umgebung wurden zerstört.

Während der nächsten achtzig Minuten gingen überall in Belfast weiter Bomben hoch und verwandelten die Stadt in eine Kriegszone.

Britische Truppen wurden zusammen mit Geheimdienstagenten, wie mir, über die gesamte Stadt verteilt entsendet, als alle fünf Minuten die Meldungen von Bombendetonationen hereinkamen.

Ich war bei der nordirischen Polizei postiert worden, als ein zweiter Anruf einging, der vor einer Bombe an der Oxford Street warnte, dem geschäftigsten Busbahnhof in ganz Nordirland. Als ein gepanzerter Streifenwagen und ein Hubschrauber hingeschickt wurden, sagte mir mein Bauchgefühl, dass ich dort gebraucht werden würde. Ich ignorierte direkte Befehle, raste zu dem Heli und kletterte hinein, kurz bevor sich die Tür schloss.

Als wir landeten, war der Ort ein Chaos. Während die meisten von uns daran arbeiteten, den Bereich zu räumen, suchten zwei unserer Agenten, die später als britische Soldaten ausgegeben wurden, nach der Bombe. Sie explodierte, bevor sie entschärft werden konnte, und tötete beide.

Ich sah eine Frau mit feuerroten Haaren durch die Druckwelle zu Boden fallen und rannte zu ihr hin. Es gab Hunderte Verletzte, aber ich wurde zu ihr hingezogen. Als ich sie auf meine Arme hob und dabei auf ihren Rücken und ihren linken Arm achtete, wo sie am stärksten verletzt zu sein schien, öffneten sich ihre dunkelblauen Augen und sie sah mich an.

Ich rechnete damit, dass sie sterben würde, ehe ich sie zu dem Sanitäter bringen konnte, den ich in der Nähe sah, aber sie hielt durch.

„Das ist Rua", sagte der Mann zu mir und rief dann jemandem zu: „Wir müssen sie in den Heli bringen!"

Ich half dabei, sie auf die Trage zu legen, und folgte ihnen zum Rettungshubschrauber. Sie wollten mich nicht hineinlassen, aber ich zeigte ihnen meine Ausweise von der CIA und dem MI6, nicht dass sie irgendwie nützlich gewesen wären, aber es funktionierte.

„Das ist Rua?", fragte ich den ersten Sani. Die Frau war ein Mysterium. Einige nahmen an, der Name sei einer Gruppe von Agenten gegeben worden, statt einer einzigen Person. Bei ihren Verletzungen war es unmöglich, ihr Alter zu schätzen; sie konnte jedoch nicht älter als fünfundzwanzig gewesen sein. Soweit mir bekannt war, wusste niemand außer ihren Vorgesetzten beim MI6, wie sie aussah. Das war jetzt vorbei.

Er nickte. „Wir können sie nicht in Belfast lassen."

„Schafft es dieses Ding nach Dublin?"

„Aye."

Von dort forderte ich jeden Gefallen ein, den mir jemand schuldete, um sie nach Ramstein bringen zu lassen. Später wurde bestätigt, dass die Frau tatsächlich Sorcha Steward war – die berühmte Rua – deren Tarnung an jenem Tag aufgeflogen war.

Ich verlor den Überblick darüber, wie oft sie immer wieder auf die Intensivstation kam und sie wieder verlassen konnte und sie aufgrund der Infektionen durch die Verletzungen an der Schwelle des Todes stand. Sie hatte Vernarbungen an ihrem Arm und ihrem Rücken von dem Bombensplitter und anderen Trümmern, die auf ihren Körper eingeschlagen waren.

❦

WIR HÖRTEN EIN KLOPFEN AN DER TÜR UND EINE Krankenschwester kam herein. „Mr. Butler? Sie können jetzt zu Ihrer Frau."

Ich begegnete den Blicken meiner Söhne und in ihren Augen sah ich Tränen, wie ich sie in meinen hatte.

„Danke, dass du uns die Geschichte erzählt hast, Da", sagte Maddox.

„Lasst euch von eurer Mutter den Rest erzählen."

SORCHA

Als ich krank war, hatte ich die verrücktesten Träume. Besonders wenn sie weitergingen, egal wie oft ich aufwachte. Es hätte mir nicht so viel ausgemacht, wenn es angenehme gewesen wären von Laird und mir, wie wir über die Weinfelder gehen oder auf der Veranda unseres Hauses auf der Ranch sitzen. Stattdessen handelten sie immer von der Arbeit und von etwas, was ich nicht zu Ende bringen konnte, egal wie lange das verdammte Ding dauerte.

Oder ich träumte, dass ich von jemandem verfolgt wurde. Manchmal träumte ich sogar von dem Tag des Bombenanschlags in Belfast. Das waren die schlimmsten. Richtige Albträume.

„Sorcha, *macushla. Dùisg a-nis.*" Ich konnte die liebe Stimme meines Mannes hören, spüren, wie er mit den Fingerspitzen über meine Stirn strich. Wenn ich nur tun könnte, worum er mich bat, und aufwachen würde. Ich musste nur meine Augen öffnen. Warum war das so schwer?

„Laird?", versuchte ich zu sagen, aber ich konnte meine eigene Stimme nicht hören.

„Komm, Rua. Mach die Augen."

O chan eil. Es war wieder der Traum. Ich war wieder in

Ramstein und kämpfte um mein Leben. Laird war an meiner Seite und ließ nicht zu, dass ich aufgab.

Als ich spürte, wie meine Augen feucht von den Tränen der Frustration wurden, war es, als würde sich mein Hirn einschalten. Ich öffnete die Augenlider und sah das Gesicht meines Geliebten. Nicht der Mann von vor sechsundvierzig Jahren, sondern die grauhaarige, wettergegerbte Version meines Ehemannes. Noch immer verteufelt gut aussehend. Ich versuchte, die Hand auszustrecken und an seine Wange zu legen, aber sie gehorchte mir nicht besser als meine Augenlider vorher.

„*Damnadh*", murmelte ich und wünschte, ich hätte mir die Sauerstoffmaske vom Gesicht ziehen können. „Wo bin ich?"

„Du liegst auf der Intensivstation."

„Nimm mir dieses Ding ab." Ich schüttelte den Kopf und rümpfte die Nase.

Laird schüttelte auch den Kopf. „Das kann ich nicht machen."

Ich versuchte wieder, die Hand zu heben. Ehe ich es weiter als drei Zentimeter schaffen konnte, nahm mein Mann meine Hand und hielt sie.

„Also, Sorcha, du weißt, was du tun musst. Befolge die Anweisungen, damit ich dich mit nach Hause nehmen kann. Es sind nur noch wenige Tage bis Weihnachten."

„Äch. Weihnachten. Was muss noch erledigt werden? Wer wird das alles machen?"

„Du hast vier Söhne, zwei Töchter, zwei Schwiegersöhne und vier Schwiegertöchter."

„Nur einen Schwiegersohn. Ainsley und Cristobal sind nicht verheiratet."

„Das werden sie schon bald sein."

Ich schloss die Augen und sprach ein Gebet, dass er recht hatte. Seit ihrer Verlobung im vergangenen Jahr hatten weder meine Tochter noch ihr Verlobter ihre Hochzeit oder Pläne dafür erwähnt. Ainsley hatte bis jetzt noch nicht einmal Interesse gehabt, ihr Kleid oder die für ihre Brautjungfern auszusuchen.

Laird strich mit dem Finger über meine Stirn. „Hör auf, dir Sorgen zu machen, meine Liebe. Das bringt nichts."

„Was muss noch erledigt werden?", wiederholte ich.

„Es wird alles vorbereitet und unsere Jüngste wird tun, was sie glücklich macht."

„Aye."

„Ich habe unseren Söhnen die Geschichte erzählt, wie wir uns kennengelernt haben."

Ich schlug die Augen auf. „Du hast nicht daran gedacht, mich erst zu fragen?"

„Es ist an der Zeit, Sorcha. Zeit, dass Skye und Ainsley sie auch erfahren."

„Sie werden uns das nicht verzeihen", flüsterte ich. „All die Lügen."

„Das lasse ich dich selbst feststellen." Er verließ das Zimmer und kam kurz darauf wieder zurück.

„Hey, Ma", sagte Maddox und gab mir einen Kuss auf die Stirn. „Wie fühlst du dich?"

Ich kniff die Augen zusammen. „Ist das alles, was du mich zu fragen hast?"

Mein Zweitältester lachte. „Wenn du die knallharte Geheimagentin meinst, die du früher warst, gehe ich mal davon aus, dass wir uns stundenlang Geschichten anhören können. Ich persönlich kann's jedenfalls kaum erwarten."

„Ich auch nicht", sagte Brodie.

Ich beobachtete Naughton. Er hatte sich noch nicht geäußert, aber das tat er üblicherweise auch nicht, bevor er sicher war, was er sagen wollte. Er sah auf, weil er möglicherweise meinen Blick auf sich spürte.

„So eine große Überraschung war das jetzt auch nicht, Ma", sagte er. „Was die knallharte Agentin angeht, die du *früher* warst, nehme ich mal an, dass du es immer noch bist, so wie Da auch."

Ich lächelte. Von all meinen Kindern war er mir am ähnlichsten. So intuitiv. „Viele Geheimnisse."

„Ach ja?", erwiderte Maddox. „Nenne mir ein Familienmitglied, abgesehen von den Enkelkindern, von denen die meisten noch nicht sprechen können, das keine Geheimnisse hatte."

Er hatte recht, aber hatten sie das von ihrem Vater und mir gelernt, sich so zu verhalten?

„Ich möchte so viele Geschichten hören, wie ihr uns erzählen werdet", sagte Brodie. „Das werden alle wollen."

Die Tür wurde geöffnet und eine Krankenschwester kam herein. „Was machen Sie alle hier drin? Ich habe gesagt: Ein Besucher, und der auch nur für fünf Minuten!"

Es gab nur drei Frauen, die meine Jungs und meinen Mann herumkommandieren konnten. Sie hatten vor langer Zeit gelernt, nicht das Schicksal herauszufordern, wenn ihre Schwestern oder ich eine Anordnung aussprachen. Genau genommen gab es bei jedem noch eine weitere – ihre Ehefrauen. Aber diese Krankenschwester? Ich lachte.

„Der Arzt wird gleich hier sein", murrte sie, während sie die Apparate überprüfte, die um mich herum standen.

„Gut, dass sie hier sind, um zu hören, was er zu sagen hat."

Sie hatte die Lippen geschürzt, aber ich bezweifelte, dass sie einen von uns erneut herausfordern würde. Ich hatte recht. Das tat sie nicht.

Zehn Minuten später kam dann der Arzt herein, der mich gestern untersucht hatte.

„Ihr Sauerstoffniveau ist sehr viel besser, Mrs. Butler. Es ist allerdings noch nicht so gut, dass ich Sie nach Hause gehen lassen kann."

„Es ist Weihnachten", erwiderte ich.

„Wenn du machst, was man dir sagt, wirst du an Weihnachten zu Hause sein", schaltete sich Laird ein.

Der Arzt lächelte. „Wie es Ihr Mann gesagt hat."

„Ich will die ab haben." Ich deutete auf die Sauerstoffmaske.

Er schüttelte den Kopf. „Die Menge an Sauerstoff, die sie brauchen, kann nicht durch eine Nasenkanüle erbracht werden."

Als ich eine Hand an die Maske legte, um sie zurechtzurücken, drückte Laird meine Schulter. „Sorcha", warnte er.

„Reg dich ab. Ich wollte sie nicht absetzen."

„Haben Sie noch weitere Fragen?", erkundigte sich der Arzt.

„Wann *kann* ich denn jetzt nach Hause?"

„Wenn sich ihre Werte verbessern, morgen. Wenn nicht –"

Ich hob eine Hand. „Sie werden sich verbessern."

„Das werden sie nicht, nur weil du es willst, Sorcha."

Ich richtete den Blick fest auf das attraktive Gesicht meines Mannes. „Nein? Bist du dir da sicher?"

❧ 13 ❧

LAIRD

Das Funkeln der Verschmitztheit war nicht anders, als es vor sechsundvierzig Jahren gewesen war. Jetzt, und damals, hatte es dafür gesorgt, dass ich mich mit jeder vergehenden Minute mehr in sie verliebte.

An dem Tag, an dem ich Sorcha mit nach Hause nahm, damit sie meine Eltern kennenlernen konnte, hatten meine Mutter und mein Vater die gleiche Reaktion gehabt. Bei unterschiedlichen Gelegenheiten hatte mir jeder von beiden gesagt, dass sie schon gedacht hätten, ich würde niemals meine passende Partnerin kennenlernen, aber da glaubten sie, es sei doch geschehen. Das sah ich auch so. Sorcha war clever, temperamentvoll, schön, intelligent und kühn.

Wie Naughton gesagt hatte, waren weder sie noch ich ganz im Ruhestand. Es gab jedoch keine Aufträge, die uns von zu Hause fortzogen. Die gab es nicht mehr, seit unser Ältester auf der Welt war. Ich reiste hin und wieder, um zu beraten, aber nach dem „blutigen Freitag" hatten wir die Gefahr hinter uns gelassen.

Ich blickte auf und bemerkte, dass Sorcha und unsere drei Söhne mich aufmerksam betrachteten. Ohne dass es mir bewusst gewesen war, hatte ich meine Hand auf ihren Bauch gelegt.

Unsere Jungs wirkten verwirrt, aber Sorcha wusste genau, woran ich dachte. Das erkannte ich, als sie ihre Hand auf meine legte.

Sie war mit sechs Kindern schwanger gewesen. Sie waren in ihr herangewachsen und sie hatte sie zur Welt gebracht. Jedes einzelne war ein unermesslicher Segen.

In diesem Jahr würden sie zum ersten Mal, solange ich mich erinnern konnte, alle an Weihnachten bei uns sein, zusammen mit ihren eigenen Kindern. Ich wusste, dass meiner Frau dies alles bedeutete.

„Entschuldigt mich", sagte ich und folgte dem Arzt hinaus aus dem Zimmer auf den Korridor. „Sie sagten, das Sauerstoffniveau, das meine Frau benötigt, kann nicht über die Nasenkanüle erreicht werden."

„Das ist richtig."

„Welche Menge kann sie erbringen? Zehn Liter?"

„Eher fünf. Gegenwärtig ist sie bei fünfzehn."

„Es gibt eine, die mehr liefert." Bis zu sechzig Liter, tatsächlich, auch wenn ich das nicht sagte.

Der Arzt schüttelte den Kopf. „Angesichts des Alters Ihrer Frau, muss ich eine Methode mit belegten Zahlen empfehlen."

„Aye", sagte ich, obwohl ich nicht seiner Meinung war. Ich verabschiedete mich von dem Mann und ging ein Stück, sodass meine nächste Unterhaltung nicht zufällig von jemandem mitgehört werden konnte.

„Laird, wie geht es Sorcha?", fragte Cristobal, als er meinen Anruf entgegennahm.

„Sie braucht die HFNC-Kanüle, um entlassen werden zu können."

„Ich verstehe. Soll ich mich darum kümmern?"

„Aye", wiederholte ich. „So bald wie möglich." Ich forderte selten Gefallen ein, aber in diesem Fall war es nötig.

„Ich werde einen Anruf machen und gebe dir Bescheid, wie bald Dr. Morton dort sein kann."

„Danke, mein Junge."

Dr. Morton war sowohl der Chefarzt am Stanford Medical Center, als auch der Mann, der das Patent auf die HFNC hatte.

Vor einem Jahr war sein Sohn, ein Journalist, der aus Afghanistan berichtete, als Geisel genommen worden. Cristobal hatte sich mit mir in Verbindung gesetzt und innerhalb von Stunden war er befreit und saß in einem Privatflugzeug zurück in die Vereinigten Staaten.

Der Mann würde kommen, und wir würden dafür sorgen, dass meine Sorcha an Weihnachten zu Hause war.

Als ich in das Zimmer zurückkam, waren meine drei Söhne gegangen, aber meine jüngste Tochter war eingetroffen – die, die mit dem Mann verlobt war, mit dem ich gerade erst gesprochen hatte. Ich sah in ihre tränenfeuchten Augen und dann zu meiner Frau, die Ainsleys Hand hielt.

„Es wird alles so ausgehen, wie es soll", sagte Sorcha. „Du und Cristobal werdet heiraten. Das weiß ich in meinem Herzen."

Ainsleys Handy vibrierte und sie zog es aus ihrer Tasche. „Wenn man vom Teufel spricht." Sie stand auf und verließ das Zimmer. Ich schloss die Tür hinter ihr.

„Was ist passiert?", fragte ich.

„Ainsley hat die Verlobung auf Eis gelegt."

Interessant, dass Cristobal das nicht erwähnt hatte, andererseits hatte ich ihm nicht die Gelegenheit dazu gegeben.

„Laird? *S bheil thu ag èisteachd rium?*"

„Ja, ich höre dir zu, Sorcha."

„Was wirst du deswegen unternehmen?"

Ich riss die Augen auf. Vermutlich hätte ich fragen sollen, was das bedeutete, oder sogar mein Mitgefühl ausdrücken sollen, doch das war etwas, das mir noch nie lag. Aber *unternehmen*? Was gab es da zu unternehmen?

„Du musst mit ihm sprechen", sagte sie, als hätte sie meine Gedanken gelesen. Was, nach all diesen Jahren zusammen, wahrscheinlich war.

„Wir sollten uns da nicht einmischen."

„Das Herz unserer Tochter ist gebrochen und das ist dir nicht wichtig genug, um dich *einzumischen?*"

„Also, Sorcha", warnte ich sie.

Sie schüttelte den Kopf. „Du musst hier etwas unternehmen. *An-diugh.*"

Heute? Ich würde heute oder an irgendeinem anderen Tag nichts unternehmen. Ich stand auf, beugte mich vor und stützte meine Hände zu beiden Seiten von ihr auf. „Ich werde gar nichts wegen irgendetwas unternehmen, außer dafür zu sorgen, dass du an Weihnachten zu Hause bist. Du bist alles, was mir wichtig ist."

„Laird −"

Ich lächelte und sah ihr in die Augen. „Sorcha."

„Du erinnerst dich noch daran, wie es war, oder nicht? Als wir beide so unsicher waren, ob wir das Richtige taten."

Sie erinnerte sich falsch. Ich war mir nie unsicher gewesen. Sie war diejenige gewesen, die kalte Füße bekommen hatte und die Hochzeit verschieben wollte. Ich konnte nicht anders, als mich zu fragen, ob Cristobal eher wie ich war, und Ainsley wie ihre Mutter.

LANDSTUHL, MEDIZINISCHES ZENTRUM, DEUTSCHLAND, 21. August, 1972

Die Wunden, die Sorcha auf ihrem Körper davongetragen hatte, waren geheilt und hatten nur Vernarbungen zurückgelassen. Ihre Lunge hatte sich jedoch noch immer nicht vollständig davon erholt, was als thorakales Explosionstrauma oder „Blast-Verletzung der Lunge" bekannt war.

So wurde der Zustand beschrieben, wenn drei Komplikationen vorhanden waren. Erstens Apnoe, oder das zeitweise Aussetzen der Atmung. Als Nächstes Bradykardie, bei der die Herzfrequenz weit unter sechzig Schläge pro Minute fiel. Daraus ergab sich der dritte Zustand, die Hypotonie, oder ein ungewöhnlich niedriger Blutdruck.

Es war die Hypotonie, vor der ich mich am meisten fürchtete, während ich wach lag und mich versicherte, dass sie nicht im Schlaf aufhörte zu atmen.

Sorcha musste konsequent Tag und Nacht eine nicht-invasive Beatmungsmaske tragen. Das war lästig für sie, aber weitaus besser als die Alternative – eine Intubation.

Während der letzten Monate hatte der Umstand, dass es ihr nicht gelang, genügend Sauerstoff aufzunehmen, kombiniert mit Infektionen, die von ihren anderen Verletzungen verursacht wurden, dazu geführt, dass sie dem Tode nahe gewesen war.

Während sich das medizinische Team in Landstuhl anfangs weigerte, mir Näheres zu ihrem Zustand preiszugeben, brachte es sie schließlich dazu zu akzeptieren, dass ich ihr „nächster Angehöriger" war, als ich mich weigerte zu gehen, außer um zu duschen und die Kleidung zu wechseln. Ich schlief sogar jede Nacht in ihrem Zimmer.

Ich war nicht ihr nächster Angehöriger, aber Sorcha erlaubte mir nicht, ihre Eltern zu informieren. Da sie oft über Wochen oder Monate undercover gearbeitet hatte, würde es nichts Ungewöhnliches für ihre Mutter oder ihren Vater sein, nichts von ihr zu hören.

Außerdem zögerte sie, Kontakt zu ihnen aufzunehmen, weil ihre Tarnung aufgeflogen war; somit wären sie in Gefahr gewesen, wenn sie sich mit ihnen in Verbindung gesetzt hätte. Aufgrund der andauernden Bedrohung durch die PIRA hatte jedoch sowohl die CIA als auch der MI6 Schutz für sie und ihre Eltern organisiert.

Zugegebenermaßen hatte ich ihre Verletzungen zu Beginn dazu genutzt zu behaupten, wir würden uns kennen, und die Explosion musste sich auf ihr Erinnerungsvermögen ausgewirkt haben.

Je länger ich blieb – oder mich weigerte zu gehen –, desto misstrauischer wurde Sorcha. Irgendwann bat sie mich, ihr die

Einzelheiten zu erzählen, wie wir uns kennengelernt hatten, und ich konnte nicht lügen.

Als ich zum Ende meiner Geschichte kam, fragte sie nicht, warum ein völlig Fremder dafür gesorgt hatte, dass sie aus Großbritannien herauskam, oder warum ich jeden Tag und jede Nacht bei ihr im Krankenhaus verbrachte.

„Du hast mir das Leben gerettet. Mehr als einmal."

„Aye." Ich rechnete damit, dass sie mir danken und mir sagen würde, ich könnte jetzt gehen. Stattdessen streckte sie die Hand nach mir aus und ich nahm sie.

„Du hast mir einen Gute-Nacht-Kuss und einen Guten-Morgen-Kuss gegeben. Immer auf die Wange."

Ich nickte, meine Stimme versagte vor lauter Emotionen. Ich hätte so gern gestanden, dass ich mich in sie verliebt hatte, als ich sie zum ersten Mal in meinen Armen hielt. Doch sie hätte mich vermutlich als irre bezeichnet und den Sicherheitsdienst gerufen, um mich aus dem Zimmer werfen zu lassen.

„Guten Morgen hier." Sie deutete auf ihre linke Wange. „Und gute Nacht hier." Sie deutete auf ihre rechte. „Nie hier." Ihre Fingerspitzen blieben auf ihren Lippen. „Ich denke, es ist an der Zeit dafür, du nicht?"

Ich brauchte einen Moment, bis mir klar wurde, was sie anregte. Es war das Funkeln in ihren Augen, das mich wieder zu mir kommen ließ. „Ach ja?"

„Du beeilst dich besser, ehe ich meine Meinung ändere." Sie zwinkerte mir zu.

Als ich mich über sie beugte, wie ich es jeden Morgen und jeden Abend gemacht hatte, und meinen Mund nahe an ihren senkte, legte Sorcha ihre beiden Handflächen an meine Wangen, ehe ich sie küsste. „Danke", flüsterte sie.

Ich rechnete damit, dass er so keusch sein würde, wie die, die ich ihr zu Beginn und am Ende jedes Tages gegeben hatte, aber sie hatte etwas anderes im Sinn. Etwas, bei dem ich nur zu gern mitmachte.

Es dauerte noch einen weiteren Monat, bis sie Ramstein verlassen konnte. Statt sie nach Schottland zurückzubringen, organisierte die CIA ihren Flug in die Staaten. Wir ahnten beide nicht, dass wir in Kalifornien mit ihren Eltern zusammentreffen würden – auf der Ranch, die meinen Eltern gehörte.

ICH INSTALLIERTE MEIN ERSTES SICHERHEITSSYSTEM – EINES, das ich selbst entwickelt, gebaut und vollständig selbst montiert hatte – in den Tagen, gleich nachdem wir angekommen waren.

Auch wenn die CIA mir versicherte, ihr Schutzteam würde für *Ruas* Sicherheit sorgen, konnte ich es nicht riskieren, sie zu verlieren. Tatsächlich überprüfte ich jedes einzelne Mitglied ihres Teams, ehe ich erlaubte, dass sie sich ihr mehr als fünfzehn Meter nähern durften.

Mir war dabei nicht bewusst gewesen, dass *ich* die Person war, die am meisten in Gefahr schwebte – und zwar durch Angus Steward, Sorchas Vater.

In unserer ersten Nacht auf der Ranch meiner Eltern schlich ich mich in das Gästezimmer, in dem sie schlief, und stellte fest, dass er dort auf mich gewartet hatte. Dass er drohte, mich umzubringen, wenn ich seine Tochter nicht innerhalb von zwei Wochen heiraten würde, spielte mir in die Karten. Schließlich hatte ich ohnehin vorgehabt, sie zu bitten, mich zu heiraten.

Als sie den Termin zwei Wochen nach seiner Frist hinauszögerte, war es mein drohender Tod durch die Hände ihres Vaters, was sie schließlich dazu brachte zuzustimmen, mit mir durchzubrennen.

14

SORCHA

Laird dachte gerade an etwas, das mit unserer Vergangenheit zu tun hatte. Es gab Dinge, die ihn verrieten. Wenn er in Gedanken verloren war und seine Hand auf meinem Bauch lag, dachte er über unsere Kinder nach.

Wenn sie auf meinem Schienbein lag, war es wahrscheinlicher, dass er an meine Tage in Ramstein dachte – *unsere* Tage, denn er war fast jede Stunde bei mir gewesen.

Er hatte mir einmal erzählt, dass er sich an dem Tag in mich verliebt hatte, an dem er mich von dem Busbahnhof in der Oxford Street weg- und in den wartenden Rettungshubschrauber trug. Ich konnte nicht sagen, in welchem Moment genau es bei mir passiert war, aber drei Monate später wurde ich seine Frau. Und ich hätte sicherlich niemanden zum Mann genommen, den ich nicht von ganzem Herzen geliebt hätte – egal wie sehr mein Vater gedroht hätte, Laird umzubringen, wenn wir uns nicht beeilen und heiraten würden.

Wäre es ohne das Drängen von meinem Da so schnell geschehen? Hätte ich es aufgeschoben, wie es meine Ainsley mit Cristobal machte?

„Du könntest drohen, ihn umzubringen", murrte ich.

Laird lachte. „Ich habe gerade an deinen Vater gedacht."

Mein Mann war nicht derjenige gewesen, der die Heirat hinausschieben wollte. Das war ich gewesen. Immerhin kannten wir uns kaum.

Bei meiner Tochter und ihrem Verlobten war das anders. Sie hatten seit Jahren zusammengelebt und geglaubt, sie würden das heimlich tun. Vielleicht wussten die anderen nichts davon, aber das galt nicht für Laird und mich oder Cris' Mutter Lucia. Wir hatten sie in dem Glauben gelassen, sie würden uns austricksen, weil wir davon ausgingen, dass sie es uns erzählen würden, wenn sie so weit wären.

Ainsley hatte gezögert, ihre Beziehung uns gegenüber offenzulegen. Wie bei Laird, war Cristobal gezwungen, ihr ein Ultimatum zu stellen. Das war vor einem Jahr gewesen, und am Weihnachtstag hatte er ihr einen Antrag gemacht.

Ich war mir sicher gewesen, sie wären mittlerweile verheiratet, aber sie hatten noch nicht einmal damit begonnen, ihre Hochzeit zu planen. Wann immer Lucia oder ich fragten, wechselte meine Tochter entweder das Thema oder verließ das Zimmer.

Es war sonst nicht meine Art, so etwas hinzunehmen, aber bei ihr sagte mir etwas, dass es nötig war.

Ich sah auf, als sich die Tür öffnete und sie hereinkam und sich auf den Stuhl setzte, auf dem sie schon vorher gesessen hatte. Ich war etwas erleichtert, dass sie nicht aussah, als hätte sie wieder geweint.

„Da, ich soll dir von Cris ausrichten, dass er und Dr. Morton morgen früh hier sein werden."

Ich horchte auf und lächelte. Laird musste den Mann angerufen haben, der das Sauerstoffgerät erfunden hatte, das ich getestet hatte, ehe es auf den Markt kam.

Damit wäre ich in der Lage, sogar mit meinem gegenwärtigen Bedarf an Sauerstoffzufuhr nach Hause zu gehen. Ich hatte daran gedacht, das zu erwähnen, als der Arzt vorhin hier war, um mit uns zu sprechen, aber ich hatte es ganz vergessen.

Ich sah zu meinem lieben Mann, immer der Retter und Beschützer. Ich wünschte, ich hätte ihm die Sorge wegen der Unsicherheit meines Atmungssystems nehmen können. Das war etwas, womit wir seit sechsundvierzig Jahren lebten und weiterleben würden bis zu dem Tag, an dem ich sterben würde.

Laird strich mit seinem Daumen über meinen Handrücken. „Dein Arzt wird sich vielleicht dagegen sperren, aber ich bin zuversichtlich, dass Morton ihn überzeugen wird."

„Wenn nicht ihn, dann seinen Chef."

„Da, weißt du, was ich mich immer schon gefragt habe? Du wurdest in Amerika geboren und hast hier dein ganzes Leben lang gelebt, und doch hast du einen schottischen Akzent."

Ihre Frage kam in mancherlei Hinsicht aus heiterem Himmel, aber weitaus später, als wir damit gerechnet hatten.

„Das liegt daran, dass er nicht sein ganzes Leben lang hier gelebt hat."

Ihr Blick begegnete meinem. „Wie meinst du das? Ich dachte, –"

Ich schüttelte den Kopf. „Wir haben dich das glauben lassen."

„Warte. Was?"

„Es ist Zeit, Laird." Auch wenn er vielleicht glaubte, Maddox, Naughton und Brodie könnten für sich behalten, was er ihnen heute Morgen erzählt hatte, waren sie bekannt dafür, dass ihnen von Zeit zu Zeit versehentlich etwas herausrutschte. Ich machte mir keine Sorgen darüber, dass meine Tochter wütend sein würde, wie ich sie mir bei meinen Söhnen gemacht hatte. Wenn sie verärgert wäre, würde ich sie wegen ihrer Scheinheiligkeit zusammenstauchen.

„Aye." Er stand auf und gab Ainsley einen Kuss auf die Stirn, ehe er das Gleiche bei mir machte. „Dann werde ich mich mal entschuldigen."

Ich schüttelte den Kopf, als er sich hinunterbeugte und wir uns in die Augen sahen. Ich legte meine Fingerspitzen an meine Lippen. Zum Glück für ihn, verstand er die Botschaft.

„Ich muss dir eine Geschichte erzählen, mein liebes Mädchen. Du machst es dir besser bequem."

„Sollte ich mir Sorgen machen?"

„Überhaupt nicht. Ich werde dir erzählen, wie dein Vater und ich uns kennengelernt haben."

„Das weiß ich bereits. Ihr seid euch begegnet, als er durch Schottland gereist ist."

„Nein, Lass, wir sind uns in Belfast in Nordirland begegnet." Ich konnte Ainsley nicht alles erzählen, was Laird unseren Söhnen erzählt hatte, weil ich an einige Zeit von damals keine Erinnerung hatte. Doch was ich wusste, erzählte ich ihr.

„Deshalb hast du so große Probleme mit Bronchitis", sagte sie, nachdem ich ihr von meiner Zeit in dem deutschen Krankenhaus erzählt hatte.

„Aye, aber das war es nie wirklich. Weil ich so nahe am Explosionsort war, wurde meine Lunge so beschädigt, dass ich immer anfällig für Atemwegserkrankungen sein werde."

„Ich kann da nicht viel sagen, stimmt's? Ich habe meine Beziehung mit Cristobal auch verheimlicht."

Ich lächelte und drückte ihre Hand. „Genau das habe ich auch gerade gedacht, meine Tochter."

„Aber was hat das damit zu tun, dass Da einen Akzent hat?"

„Zu dem Teil werde ich noch kommen."

Butler Ranch, Paso Robles, Kalifornien, Oktober 1972

„Da wird ihn nicht wirklich umbringen", sagte ich zu meiner Mutter. „Das ist nur seine Art, Laird wissen zu lassen, dass er von ihm erwartet, mich zu heiraten. Er hat mir bereits einen Antrag gemacht und ich habe Ja gesagt, also kann er beruhigt sein, dass wir die volle Absicht haben, Mann und Frau zu werden."

„Du bist nicht dumm genug, deinen Vater zu unterschätzen, oder, Sorcha?"

„Aber, Mum –"

Sie schüttelte den Kopf. „Denk an meine Worte, Lass."

Es war nicht so, dass ich nicht heiraten wollte; das wollte ich wirklich. Aber nicht sofort. Ich wollte meinem Körper Zeit geben zu heilen, besonders meinem Rücken und Arm, bevor wir intim miteinander werden würden.

Zumindest redete ich mir das ein. Ein anderer Teil von mir konnte nicht anders, als sich zu fragen, warum wir in solcher Eile waren. Ich war dreiundzwanzig Jahre alt und musste herausfinden, was ich mit dem Rest meines Lebens anstellen wollte. Die Pläne, die ich gehabt hatte, meine Arbeit, waren etwas, zu dem ich nicht zurückkehren konnte. Selbst wenn die PIRA nicht hinter mir her gewesen wäre, würde ich nie wieder verdeckt arbeiten können, ohne Angst zu haben, ich würde erkannt werden. Meine Gesundheit beeinflusste meine Arbeit ebenfalls. Ich fragte mich, ob ich körperlich je wieder so stark werden würde, wie ich es vor der Explosion gewesen war.

Es gab andere Tätigkeiten, die ich für den MI6 hätte ausführen können, aber dafür hätte ich bei den meisten davon hinter einem Schreibtisch gesessen; etwas, von dem ich geschworen hatte, das nie zu tun. An diesen Platz wurden die meisten Frauen verbannt, und das war nichts für mich. Aber war ich bereit, meine Berufstätigkeit so früh aufzugeben, um Ehefrau und Mutter zu werden?

Es stand sogar die Frage im Raum, ob ich überhaupt in der Lage sein würde, schwanger zu werden oder ein Kind auszutragen. Als ich meinen Arzt gefragt hatte, war seine Antwort gewesen, der einzige Weg, das herauszufinden, wäre, es auszuprobieren. Aber was, wenn ich Laird nicht die Familie geben konnte, von der ich wusste, dass er sie wollte?

Er hatte mir gestanden, dass er als Einzelkind, wie ich es auch war, davon träumte, eine große Familie zu haben. Ich hatte gesagt, dass ich die auch wollte, aber in meinem Hinterkopf lauerte die Frage, ob ich dazu in der Lage war oder nicht.

Hätte mein Vater uns nicht gedrängt, hätten Laird und ich uns Zeit lassen können, um herauszufinden, wie unser Leben aussehen könnte.

Seine Möglichkeiten waren unbegrenzt. Sogar nachdem er mitten im Auftrag gegangen war, um bei mir in Deutschland zu bleiben, war er weder vom MI6 noch von der CIA gefeuert worden.

„Ich arbeite in eigener Regie oder gar nicht", hatte er an dem Abend gesagt, bevor wir in ein Flugzeug steigen sollten, um in die USA zu fliegen. Er war zu einem Meeting in die CIA-Zentrale einbestellt worden, was er sofort ablehnte. Die gleiche Aufforderung wäre vom MI6 gekommen, wenn wir vor dem Rückflug in die Staaten nach Großbritannien geflogen wären.

Eine Sache, die ich allerdings ohne jeden Zweifel wusste, war, dass Laird mich darin unterstützen würde, was immer ich entschied. Wann immer wir über unsere Zukunft sprachen, hatte er das klargemacht.

Er hatte sich mit mir über das Sicherheitssystem beraten, das er auf der Ranch kurz nach unserer Ankunft installierte, und ich war fasziniert von dem, was er machte. Besonders als er mir erzählte, dass es ihm eine seiner Erfindungen erlaubt hatte, die Anrufe mitzuhören, die am „blutigen Freitag" bei der Behörde für den Schutz der Öffentlichkeit eingegangen waren. Hätte er sie nicht abgehört, hätte er mich nicht an der Oxford Street gefunden und ich wäre wahrscheinlich nicht mehr am Leben gewesen.

Nach der Unterhaltung mit meiner Mutter saß ich auf einer Bank in der Nähe der Weinfelder der Ranch. Laird kam und setzte sich zu mir.

„Ich kann vernünftig mit ihm reden", begann er. „Dein Da nimmt an, dass wir ... ähem ... zusammen waren, und deshalb drängt er so sehr. Ich kann ihm versichern, dass das nicht der Fall ist, und ich mich nur in dein Schlafzimmer geschlichen habe, weil ich einfach nicht schlafen konnte, getrennt von dir in einem anderen Zimmer."

„Wie hast du es in den letzten Tagen geschafft?"

Er legte den Arm um meine Schultern. „Wenn mein Körper endlich müde genug ist, dass mir die Augen zufallen, sind es die Träume von dir, die mich schlafen lassen."

„Ich will dich heiraten. Das weißt du, ja?"

Er lächelte. „Weil ich das weiß, gibt es etwas, was ich gern vorschlagen möchte. Genau genommen mehrere Dinge."

„Dann erzähl mal."

„Ob wir hier heiraten oder in Schottland, ist mir egal. Das ist die erste Sache. Na ja, nach meinem Angebot, vernünftig mit deinem Vater zu reden."

„Was ist die dritte Sache?"

„Das ist eher ein Angebot. Und zwar eines, das ich erhalten habe. Der MI6 hat sich mit mir in Verbindung gesetzt und sie sind daran interessiert, dass ich meinen Auftrag zu Ende führe." Davon hatte er bisher noch nichts durchblicken lassen, und ich überlegte, warum ich nie gefragt hatte.

„Wirst du mir davon erzählen?"

Er lachte. „Es ist nicht so interessant wie das, was du machst."

„Gemacht habe. Ich mache es nicht mehr."

„Das heißt nicht, dass du es nicht mehr machen wirst."

„Du bist nicht ganz bei Trost, wenn du das denkst, aber danke. Jetzt komm wieder zurück auf den MI6."

„Meine Aufgabe war, die PIRA zu unterwandern, mit dem Zweck, ein Überwachungssystem zu installieren."

„Sie werden mittlerweile deine Absichten durchschaut haben."

„Ja und nein. Erstens muss ich nicht derjenige sein, der es ausführt; ich kann anderen Agenten die entsprechenden Anweisungen geben. Zweitens gibt es keine Möglichkeit, die Geräte aufzuspüren, wenn sie erst einmal angebracht wurden."

Vielleicht hätte ich das angezweifelt, wenn ich nicht mit

eigenen Augen seine hervorragenden Fähigkeiten bei dem Sicher-heitssystem der Ranch gesehen hätte. Das Letzte, was ich wollte, war, wie ein Feigling dazustehen, aber nach Belfast zurückzukeh-ren, schien das Schicksal ein wenig zu sehr herauszufordern. Laird wusste das. Schlug er also vor, allein zu gehen? Und was war mit mir?

„Da muss noch mehr sein."

„Du könntest nach Schottland zurückgehen. Ich würde natür-lich mit dir kommen."

„Natürlich?"

„Wenn ich Probleme habe einzuschlafen, wenn ich im Zimmer nebenan bin, wie soll ich da bitte schön klarkommen, wenn die Frau, die ich liebe, in einem anderen Land ist."

„Was, wenn ich nicht wieder arbeiten kann?", platzte es aus mir heraus, ehe ich das Gesicht in meinen Händen verbarg.

Laird kniete sich vor mich und schob meine Hände weg. „Sor-cha, es geht einzig darum, was du tun willst. In Schottland kannst du dich mit dem MI6 treffen und deine Zukunft besprechen, wenn es das ist, was du machen willst. Wenn nicht, gibt es zahl-lose andere Möglichkeiten."

„Welche Möglichkeiten?"

„Vor allem könnten du und ich zusammenarbeiten."

„Was würde meine Funktion sein? Soll ich deine Sekretärin sein?"

Ich hatte Laird nie wirklich verärgert gesehen, mit Ausnahme, wenn ich mich geweigert hatte, die Anweisungen der Ärzte zu befolgen. Jetzt schien er allerdings wütend zu sein.

„Du bist eine brillante Strategin. Ein richtiges Genie als Strip-penzieherin. Besonders im Hinblick auf dein Alter."

Ich war mir nicht ganz sicher, wie ich das Kompliment zu meinem Alter nehmen sollte, aber ich ging nicht darauf ein, weil er mich als brillant und ein Genie bezeichnet hatte. „Was würde ich dann machen?"

„Wir beide würden unseren Anteil daran übernehmen, die Welt von den bösen Jungs zu befreien."

„Bei dir klingt das so einfach."

„Weil es das ist."

„SEID IHR NACH SCHOTTLAND GEGANGEN?", FRAGTE AINSLEY.

„Aye. Direkt nach unserer Hochzeit, die nur ein paar Tage nach dieser Unterhaltung stattfand. Tatsächlich sind wir durchgebrannt."

„Wie lange seid ihr dortgeblieben?"

„Sechs Jahre."

Ainsley zählte an ihren Fingern ab. „Bis Kade geboren wurde?"

„Wir sind nach Amerika zurückgekehrt, als ich schwanger war, aber der Grund war eher, dass dein Großvater starb und Lairds Mutter allein zurückgeblieben war."

„Ich habe tausend Fragen, aber ich kann sehen, dass du müde bist, Ma." Sie zwinkerte mir zu. „Ich werde morgen wiederkommen und du kannst mir mehr erzählen."

„Komm morgen zur Ranch. Denn dann werde ich dort sein."

„Natürlich wirst du das." Sie beugte sich hinunter, um mir einen Kuss auf die Wange zu geben, und ging dann zur Tür.

„Ainsley, warte. Ich habe eine Frage an dich."

„Nur eine?"

„Aye. Warum hast du Angst, Cristobal zu heiraten?"

„Weil er nicht mit mir nach Schottland gehen würde."

✿ 15 ✿

AINSLEY

Die ganze Zeit über, während ich meiner Mutter zuhörte, kam ich immer wieder auf zwei Dinge zurück. Erstens liebte mein Vater sie bedingungslos und ohne Zweifel. Zweitens würde er ihr bis ans Ende der Welt folgen, nur um sie glücklich zu machen.

Was zu der dritten Sache führte, über die ich noch nicht einmal ansatzweise nachgedacht hatte, bis sie mich fragte, warum ich Angst hatte, Cristobal zu heiraten. Wir waren nicht annähernd wie meine Eltern, und deshalb hatte ich unsere Verlobung aufgelöst. Meine Mutter sagte lieber, ich hätte sie „auf Eis gelegt", aber es war mehr als das.

Seit er mir den Heiratsantrag gemacht hatte, hatte sich mein Leben auf so vielfältige Weise geändert, wie ich es mir nie hätte vorstellen können. Ich hatte früher als vorgesehen promoviert, kurz nach meiner Unterhaltung mit Naughton am Neujahrstag.

„Wie läuft es auf dem Butler-Ranch-Weingut?", hatte ich gefragt.

„Willst du das wirklich wissen?"

Ich hatte die Augen zusammengekniffen. „Natürlich will ich das."

„Jetzt, da Maddox und Alex verheiratet und ganz von der Ranch weggezogen sind, um auf ihrem eigenen Weingut zu leben und zu arbeiten, und Brodie und Peyton an der Sea Ranch Road wohnen und mit dem frisch geborenen Baby zu tun haben, wird es schwerer für Bradley und mich, es allein zu schaffen."

„Was, wenn ich helfen würde?"

Naughton machte große Augen. „Wie?"

„Ich bin fast mit meiner Promotion durch. Es ist nicht so, als würde ich von Jobangeboten überflutet werden. Selbst wenn es so wäre, würde mir keins so wichtig sein, wie es die Ranch ist."

„Ähm, Ains, hast du dich nicht gerade erst verlobt?"

Ich lachte. „Cristobal kann überall arbeiten. Er hat Meetings, aber so schwer ist es nicht, zwischen hier und Palo Alto zu pendeln."

Berühmte. Letzte. Worte. Als ich ihm von meinen Plänen erzählte, ziemlich so, wie Da es meiner Mutter erzählt hatte, war er verärgert, dass ich das nicht zuerst mit ihm durchgesprochen hatte, ehe ich mit meinem Bruder geredet habe. Ich erklärte, dass es eine spontane Frage gewesen war, so unschuldig, als hätte ich „Wie geht's?" gefragt. Woher hätte ich wissen sollen, dass die Dinge so schwierig für Naughton und seine Frau waren?

„Wenn deine Familie dich brauchen würde, würdest du nicht alles tun, was du kannst, um zu helfen?", fragte ich.

„Ich würde nicht anbieten, mein Leben auf den Kopf zu stellen, ohne erst mit dem Menschen zu reden, mit dem ich gerade beschlossen habe zu heiraten."

Am Ende war ich diejenige gewesen, die einen Kompromiss angeboten hatte. Ich würde drei bis vier Tage auf der Butler Ranch arbeiten und den Rest der Woche bei ihm in Palo Alto verbringen. Wie alles im Leben hatte sich das nicht als so leicht herausgestellt.

Cris arbeitete so viel, dass ich es schließlich bedauerte, dort zu sein, ohne etwas zu tun zu haben, während ich zu Hause sein und arbeiten könnte, wie er es machte.

Zu Hause. Das war ein weiterer Punkt der Auseinandersetzung. Ich hatte in Palo Alto studiert. Ich hatte mir nie vorgestellt, dort für den Rest meines Lebens zu wohnen. Cris sah wiederum keinen Grund, zurück an die Zentralküste zu ziehen.

Weil ich das Gefühl hatte, dass ich die Einzige war, die Opfer brachte, verwandelte sich mein Bedauern in jeder Minute, die ich dort allein verbrachte, in Wut. Als wir schließlich über Thanksgiving sprachen und er sagte, er wäre sich nicht sicher, ob er es mit unseren Familien zusammen verbringen wollte, verlor ich die Beherrschung.

„Letztes Jahr war das alles, woran du denken konntest. Du hast deshalb *mit mir Schluss gemacht.* War das nur, damit ich allen reinen Wein über uns einschenke? Du hast bekommen, was du wolltest, und jetzt interessiert es dich nicht mehr?"

Als er antwortete, ich wäre melodramatisch, packte ich meine Übernachtungstasche und ging. Ehe ich die Tür hinter mir schloss, warf ich meinen Verlobungsring nach ihm.

Er hatte um Entschuldigung gebeten – über das Handy – und mich gebeten zurückzukommen, damit wir darüber reden konnten. Ich machte mir nicht die Mühe vorzuschlagen, dass, wenn es ihm wirklich wichtig wäre, er stattdessen zu mir kommen könnte. Wenn er darauf nicht einmal allein kam, wollte ich da wirklich mit ihm verheiratet sein?

Als er vorhin anrief, um zu sagen, er würde am Morgen hier sein, war ich in Hochstimmung. Dummerweise dachte ich, er würde kommen, um über uns zu reden. Stattdessen erfuhr ich prompt, dass er den medizinischen Leiter von Stanford herbegleitete, als Gefallen für meine Eltern. Der Mann hatte ein Sauerstoffgerät erfunden, das es meiner Mutter erlauben würde, das Krankenhaus eher zu verlassen, als ihr Arzt es empfahl.

Sicher war ich glücklich über diesen Teil. Sorcha Butler würde fürchterlich werden, wenn sie Weihnachten getrennt von ihrer Familie verbringen müsste. Mehr noch, wir wären verloren ohne sie.

Während der vergangenen Monate war ich so oft wütend gewesen, und ich war es leid. Ich wollte die Feiertage mit meiner Familie genießen, die ersten seit so vielen Jahren, an denen wir alle zusammen sein würden. Ich hatte Nichten und Neffen, die ich verwöhnen wollte, und Brüder und Schwägerinnen, mit denen ich nie genügend Zeit verbrachte. Meine Schwester Skye und ich trafen uns einmal pro Woche zum Mittagessen, aber dabei sah ich nur sie und die Kinder. Ihren Mann Mac bekam ich selten zu sehen, und er war einer meiner Lieblingsmenschen.

Auf der Fahrt nach Hause schwor ich, mir von Cristobal Avila Weihnachten nicht verderben zu lassen. Natürlich war ich traurig – eigentlich todunglücklich –, es war an der Zeit, dass ich mit meinem Leben weitermachte. Vielleicht hätte ich im nächsten Jahr einen neuen Mann darin, mit dem ich feiern konnte. Wenn nicht, war ich glücklich damit, meine Rolle als Tante zu spielen. Wenn mein Leben so sein sollte, konnte ich gut damit leben. Nur weil ich als Einzige in unserer Familie noch immer Single war, hieß das nicht, dass ich jemanden heiraten musste, mit dem ich nicht glücklich sein würde.

AM NÄCHSTEN MORGEN WAR ICH IM BÜRO DES WEINGUTS UND wickelte die Weinlieferungen für Weihnachten ab, als mein Handy mit einem Anruf von Cris klingelte. Ich dachte daran, nicht dranzugehen, aber falls es etwas mit meiner Mutter zu tun hatte, wollte ich es wissen.

„Hi", sagte ich.

„Wo bist du?"

„Bei der Arbeit. Wie geht es meiner Mom?"

„Ich dachte, du würdest hier sein."

„Dazu hatte ich keinen Grund, aber würdest du meine Frage zu meiner Mutter beantworten?"

„Sie macht Fortschritte. Ihre Sauerstoffwerte haben sich über

Nacht verbessert und mit der HFNC-Kanüle ist das Risiko geringer, dass sie wieder auf ein gefährliches Niveau fallen werden."

„Was ist mit der Lungenentzündung?" Wegen der war sie überhaupt erst im Krankenhaus gelandet.

„Die wird auch besser. Ich bezweifle, dass sie heute nach Hause kommen wird, aber wenn sich ihr Zustand weiter verbessert, wird es morgen klappen."

„Danke für das Update. Ich werde sie heute Nachmittag besuchen. Tschüss, Cris."

„Ainsley, warte."

Ich trommelte mit den Fingern auf meinem Schreibtisch. „Was?"

„Ich hatte gehofft, wir könnten reden."

„Ach ja? Tja, ich hab genug geredet. Danke, dass du meiner Mutter hilfst. Pass auf dich auf." Ich beendete das Telefonat, ehe er mich mit seinem Charme zu einer weiteren Unterhaltung bringen konnte, die damit endete, dass ich dem zustimmte, was immer er wollte, wie ich es stets machte. Ich war dem Mann wie ein Hündchen hinterhergelaufen, seit ich eine Teenagerin war. Bald würde ich siebenundzwanzig Jahre alt sein. Es wurde Zeit, dass ich damit aufhörte, ihm zu folgen, und mein eigenes Leben führte.

ICH WAR NICHT ÜBERRASCHT, DASS CRIS NICHT DA WAR, ALS ICH einige Stunden später ins Krankenhaus kam. Warum hätte er dort sein sollen? Er musste wahrscheinlich eiligst mit Dr. Monroe zusammen zurückfahren, denn er war der einzige Grund gewesen, warum er gekommen war.

„Da kommt unser hübsches Mädchen", sagte mein Vater, als ich ins Zimmer kam. Ich trat in seine liebevolle Umarmung, so dankbar, dass sie meine Eltern waren.

„Wir haben dich vorhin vermisst, Ainsley", sagte meine Mutter. Sogar durch die Sauerstoffmaske konnte ich ihre saure

Miene erkennen.

„Ich habe gearbeitet."

Als sie den Kopf schüttelte und wegsah, war ich nahe daran, die Beherrschung zu verlieren. Ehe es so weit kam, trat ich näher zu ihr heran und gab ihr einen Kuss auf die Stirn.

„Wir sehen uns morgen zu Hause." Ich machte auf dem Absatz kehrt und ging in der Hoffnung hinaus, mein Vater würde mir nicht hinterherkommen. Wenn mir jemand ein genügend schlechtes Gewissen machen konnte, um zu bleiben, dann war er es. Ich stieß ein erleichtertes Seufzen aus, als sich die Aufzugtür hinter mir schloss.

Ich sah auf mein Handy, als ich aus dem Aufzug trat und beinahe mit jemandem zusammenstieß. „Entschuldigung", murmelte ich und ging einfach, ohne aufzublicken, aus dem Weg.

„Ainsley?"

Ich blieb wie angewurzelt stehen. „Cris? Was machst du hier?"

„Ich habe auf dich gewartet. Ich weiß gar nicht, wie du an mir vorbeigekommen bist."

Ich zuckte mit den Schultern. „Ich weiß nicht. Ja dann –"

„Warte. Geh nicht. Können wir bitte miteinander reden?"

Ich seufzte und schüttelte den Kopf. „Ich sehe keinen Sinn darin. Du hast deinen Standpunkt klargemacht, und auch wenn ich da eine Weile lang mitgezogen habe, kann ich das nicht mehr. Ich hätte mir nie träumen lassen, dass ich das mal sagen würde, aber wir wollen unterschiedliche Dinge im Leben. Es ist das Beste, wenn wir getrennte Wege gehen."

„Hast du einen anderen?"

Mir fiel die Kinnlade herunter. „Hast du mich das gerade wirklich gefragt? Wir haben vor drei Wochen Schluss gemacht." Mir kam ein Gedanke in den Sinn, bei dem sich mir die Eingeweide zusammenzogen. „Wolltest du deshalb nicht von Palo Alto weg? War da die ganze Zeit eine andere?"

„Das kann nicht dein Ernst sein."

„Nein? Man sagt, wenn dich jemand wegen einer komplett

lächerlichen Sache beschuldigt, liegt das daran, dass er oder sie es selbst macht."

Er schüttelte den Kopf und blickte zu Boden. „Ich würde dich niemals betrügen und es tut mir leid, dass ich gefragt habe."

„Entschuldigung angenommen. So, wenn dann sonst nichts mehr ist."

„Da ist noch so viel mehr. Können wir bitte irgendwo hingehen und miteinander reden? *Bitte.*"

„Merk dir eins: Ich werde nicht so weitermachen, wie es bisher mit uns lief. Das kann ich nicht. Wenn du dir das erhoffst, verschwende nicht unsere Zeit."

„Das ist nicht, was ich will."

„Es tut mir leid, das sagen zu müssen, aber ich glaube dir nicht."

Ich konnte die verletzten Gefühle in seinen Augen sehen, aber davon konnte ich mich nicht umstimmen lassen. Selbst wenn ich mich umstimmen ließe, wäre das nur von kurzer Dauer. Wir würden schon bald wieder an dem gleichen Punkt sein, an dem wir jetzt waren.

„Wir können uns unterhalten." Mehr würde ich nicht zugestehen. „Komm mit." Anstatt zu riskieren, mit ihm zur Butler Ranch zu fahren oder irgendwo andershin, wo wir wirklich allein sein konnten, führte ich ihn zur Krankenhauskapelle.

„Hier?", fragte er, als ich die Tür öffnete und ihn hineinwinkte.

„Oder nirgendwo."

Er seufzte und hielt mir stattdessen die Tür auf.

Wir setzten uns in die vorderste Bankreihe und schwiegen lange genug, dass ich allmählich dachte, er würde darauf warten, dass ich anfing, aber ich hatte bereits alles gesagt, was ich sagen wollte.

Er beugte sich vor, stützte die Ellbogen auf seinen Knien ab und ließ den Kopf hängen. „Ich sollte das wahrscheinlich nicht in einer Kapelle sagen, aber ich hab's verkackt, Ains. Ich habe die Dinge falsch angepackt."

Ich musste einfach lachen. „Ich denke, Gott hat so ein Wort vermutlich vorher schon einmal gehört. Besonders hier." Ich war mir sicher, dass an diesem Ort schon viele Leute den Namen Gottes verflucht hatten, nachdem ihnen gesagt worden war, dass ihr geliebter Mensch krank war oder sterben würde.

„Ich habe mich so in meine Arbeit verstrickt, dass ich dich aus den Augen verloren habe. Das wird mir nicht noch einmal passieren. Aber wir sind so nah dran, wirklich etwas zu finden, das die Lebensspanne von Menschen beträchtlich verlängern könnte."

Ich wartete ab, um zu sehen, ob er noch etwas anderes zu sagen hatte. Nach einiger Zeit des Schweigens stand ich auf und ging zur Tür.

„Sag mir eins, Cris. Was hat es für einen Sinn, ewig zu leben, wenn du keine Liebe in deinem Leben hast?" Ich ließ die Kapellentür hinter mir zugehen.

16

CRISTOBAL

Ich ließ sie gehen. Welche andere Wahl hätte ich gehabt, als ihr zu geben, was sie wollte? Und das konnte ich nicht. Es war unmöglich, dass ich Palo Alto verlassen konnte, es sei denn, ich hätte ein vollkommen neues Labor in Paso Robles gebaut. Selbst wenn mir das möglich gewesen wäre, hätte der Bau Monate gedauert, und dann war die Wahrscheinlichkeit, dass die Wissenschaftler, mit denen ich zusammenarbeitete, zustimmen würden umzuziehen, nicht existent. Santa Clara County war die Brutstätte der Genforschung. Das traf besonders zu, je näher eine Einrichtung an der Stanford lag.

Erwartete sie wirklich von mir, dass ich etwas hinter mir ließe, was buchstäblich die Welt verändern konnte? Wofür? Damit sie ihrer Familie helfen konnte, mehr Wein zu verkaufen? Das Ungleichgewicht unserer Arbeit war irrwitzig. Wie konnte sie das nicht sehen?

Anfangs dachte ich, sie wäre einfach nur stur, aber heute schien es mehr als das zu sein. Zum ersten Mal glaubte ich, dass es vielleicht wirklich zwischen uns vorbei war. Das hatte ich nicht einmal gedacht, als sie ihren Ring nach mir warf.

Ich liebte Ainsley Butler. Das tat ich schon, so lange ich zurückdenken konnte. Ich wollte sie nicht verlieren, aber sie forderte zu viel von mir. Ich konnte meine Arbeit nicht aufgeben. Wenn sie mich wirklich geliebt hätte, mich verstanden hätte, hätte sie das nicht von mir verlangt.

17

SORCHA

Tha mi ceart gu leòr", sagte ich zu meinem Mann, als er mit mir schimpfte, weil ich in der Küche war.

„Es geht dir *nicht* gut. Du erholst dich von einer Lungenentzündung und bist zu Hause. Willst du wirklich an Heiligabend wieder im Krankenhaus landen?"

„Na bi gòrach. Geh du mal, ich bin sicher, du hast eine Menge zu erledigen, nachdem du so viel Zeit bei mir im Krankenhaus verbracht hast – *Laird*!", quietschte ich, als er mich mit einem Schwung auf seine Arme hob und aus der Küche trug. „Du wirst dir wehtun!"

„Ich bin noch nicht so alt und gebrechlich, dass ich dich mir nicht über die Schulter werfen und dafür sorgen könnte, dass du dich benimmst. Wenn du so weitermachst, suche ich den Waschbleuel, den wir bei den Kindern benutzt haben."

Ich fing an zu kichern. „Ich würde deine Drohung ernster nehmen, wenn ich tatsächlich über deiner Schulter liegen würde."

„Führ mich nicht in Versuchung, Weib."

„Ich meine es ernst. Lass mich runter", verlangte ich, als er zum Fuß der Treppe kam.

„Wirst du bei meinem Leben versprechen, nach oben zu gehen und dich hinzulegen?"

„Ich kann mich nicht hinlegen. Es ist fast Weihnachten und es ist nichts getan. Ihr habt nicht einmal den Weihnachtsbaum –"

Er stampfte die Stufen mit mir auf seinen Armen hinauf. „Du sollst dein Sauerstoffgerät ständig bei dir haben." Er setzte mich auf unserem Bett ab und reichte mir die Maske.

„Es geht mir gut. Keinerlei Probleme zu atmen. Du überreagierst."

Er kniff die Augen zusammen. *„Setz sie auf, Sorcha!"*

„Es ist nicht nötig, dass du deine Stimme mir gegenüber erhebst –"

Laird hielt mir die Maske vor Mund und Nase. „Setz sie auf, oder ich werde dich sofort zurück ins Krankenhaus bringen."

Er überraschte mich damit, mich in die Arme zu nehmen, sobald ich getan hatte, wozu er mich aufforderte. Ich rückte ein Stück von ihm ab, um ihm in die Augen zu sehen. Etwas fühlte sich anders an.

„Laird?"

„Hast du eigentlich eine Ahnung, welche Angst ich hatte, dich zu verlieren? Hast du *irgendeine Ahnung?*"

„Du wirst mich nicht –"

„Du warst auf der Intensivstation, meine Liebe. Dein Sauerstoffniveau war weit genug abgefallen, dass das Krankenhauspersonal dachte, du könntest sterben. Wie kannst du so leicht meine Gefühle ignorieren?"

„Deine Gefühle?", sagte ich, vielleicht zu leise, als dass er es durch die Maske verstehen konnte.

„Ja, Sorcha. Meine Gefühle."

Meine Augen wurden feucht, als ich Tränen in seinen sah.

„Ich habe dich praktisch mein ganzes Leben lang geliebt. Es gibt Tage, an denen bete ich, dass ich vor dir sterbe, weil ich nicht weiß, wie ich ohne dich leben könnte. Gleichzeitig bete ich, dass ich nicht als Erster gehe, weil ich den Gedanken nicht ertragen kann, dass du allein bist, ohne dass jemand dafür sorgt, dass du auf dich achtgibst." Da brach er zusammen und Tränen strömten über seine Wangen. Er nahm meine Hand und legte sie auf sein Herz. „Täusch dich nicht. Ich liebe unsere Kinder und Enkelkinder, aber merk dir eins: Mein Herz schlägt für dich, meine Liebe. Es schlägt seit sechsundvierzig Jahren für dich. Bitte geh nicht so achtlos damit um."

Es war einfach, mit ihm zu streiten, wenn ich dachte, meine Handlungen würden nur mich betreffen. Zu hören, dass ich ihm wehtat, verblüffte mich. Ich nahm die Maske von meinem Gesicht. „Es tut mir leid, mein Lieber. Ich werde es nicht wieder tun." Ich setzte sie wieder auf und legte den Kopf auf das Kissen.

Laird legte sich neben mich, den Arm um meine Taille und sein Bein zwischen meinen. Ich lehnte den Kopf an seine Schulter und wir schliefen beide ein.

Als ich aufwachte, ging die Sonne gerade unter. Laird schlief noch immer, aber seine Hand hatte sich von meiner Taille zu meiner Brust geschoben, wo sie oft lag, wenn wir schliefen.

Nach den Maßstäben einiger Leute mochte man uns vielleicht als alt betrachten, aber unser Sexleben war heutzutage so gut, wie es all die Jahre über während unserer Ehe gewesen war.

So besorgt ich wegen unseres ersten Mals gewesen war, hatte Laird dafür gesorgt, dass ich mich immer wie die schönste und begehrenswerteste Frau der Welt fühlte, nicht trotz meiner Narben, sondern wegen ihnen.

Wir schufen eine Familie aus unserer Liebe füreinander, und auch wenn jene Tage schon längst für uns vergangen waren, hatte die Intimität zwischen uns nie nachgelassen.

Ich kicherte innerlich darüber, wie wohl seine Reaktion wäre, wenn ich meine Hand auf den Reißverschluss seiner Hose legen würde. Wahrscheinlich würde er mich wieder ausschimpfen. Vielleicht würde er sogar den Bleuel für mich holen.

„Sorcha", warnte er, als ich mein Kichern nicht mehr zurückhalten konnte. Ich wusste, dass er nicht wirklich verärgert war, als seine Finger mit meinem Nippel spielten.

Ich schob die Sauerstoffmaske weg. „Fang nichts an, was du nicht zu Ende bringen wirst, Männe."

„Wann habe ich etwas nicht zu Ende gebracht? Jetzt setz die Maske wieder auf."

18

AINSLEY

„Ich habe gehört, Cris ist in der Stadt", sagte Naughton, als er an dem Tag, nachdem unsere Mom nach Hause gekommen war, hereinkam und sich auf den Stuhl bei meinem Schreibtisch fallen ließ.

„War."

„Tut mir leid, Ains."

Ich zuckte mit den Schultern. „Muss es nicht. Es ist besser, wir haben jetzt gemerkt, dass es zwischen uns nicht funktionieren wird, statt nach unserer Hochzeit."

„Bist du sicher, dass es so weit gekommen ist?"

„Ganz sicher."

Er stand auf und ging zum Fenster. „Hm."

„Hm, was?"

„Ich denke, dass du dich irrst." Er lächelte und spazierte aus meinem Büro.

Als ich aufstand, um die Tür zu schließen, die er offen gelassen hatte, wollte Cris gerade über die Schwelle treten. „Was machst du hier? Wir haben alles gesagt –"

Er schob mich rückwärts gegen die Wand und drückte seinen Körper an meinen. „Vielleicht hast du das, aber ich nicht."

Ich versuchte zu widerstehen, mich in seinen Kuss fallen zu lassen, aber es war zwecklos. Nichts fühlte sich je so richtig an, als wenn unsere Körper miteinander vereint waren, selbst wenn es nur unsere Lippen waren.

„Ich dachte, du wärst gegangen", sagte ich, als er seine Stirn an meine lehnte.

„Du bist gegangen. Ich bin in der Kapelle geblieben. Ich weiß gar nicht, wie lange ich dort saß, bis dein Dad dazu kam."

Mir war klar, dass meine Eltern mich liebten und das Beste für mich wollten, aber jetzt wurde es Zeit, dass sie aufhörten, sich einzumischen. „Tut mir leid."

„Muss es nicht. Am Ende haben wir uns sehr lange unterhalten. Ich habe gefragt, ob er zurück zu Sorcha müsste, aber er sagte, meine Schwester und Maddox wären bei ihr und dass Brodie, Peyton, Kade und Merrigan auf dem Weg wären."

„Worüber habt ihr euch unterhalten?", fragte ich, als er sein Gesicht an meinem Hals vergrub.

„Er hat mir die Geschichte erzählt, wie er und deine Mom sich wirklich kennengelernt haben und welche furchtbare Angst er hatte, sie zu verlieren. Damals und heute."

„Er liebt sie so sehr."

„Als er aufstand, um zu gehen, sagte er, ich sollte meine Mom besuchen und sie nach meinem Dad fragen."

„Hast du das gemacht?"

„Ja."

Ich versuchte, mich aus seinen Armen zu winden, aber er ließ mich nicht los.

„Willst du wissen, was sie gesagt hat?"

„Was?"

„Ich habe gefragt, was sie davon halten würde, wenn sie noch hundert weitere Jahre lang leben könnte, mindestens, und anstatt dass ihr Körper alterte, würde er den Rückwärtsgang einlegen."

„Und?"

„Sie hat eine Hand an meine Wange gelegt und mir gesagt,

dass sie meine Geschwister und mich sehr lieben würde, aber nicht genug, um noch weitere hundert Jahre ohne meinen Vater zu leben." Er strich mit seinen Lippen über meine. „Sie glaubt, dass er im Himmel auf sie wartet."

„Cris, ich –"

„Ich habe verstanden, was du gesagt hast, Ainsley. Nicht sofort, aber während der vergangenen zwei Tage habe ich die meiste Zeit damit verbracht, darüber nachzudenken, ob ich ewig leben wollen würde, wenn das bedeutete, ich müsste ohne deine Liebe leben – ohne dich."

„Ich kann nicht machen, was du von mir willst. Ich kann nicht in Palo Alto leben und nichts tun, während du endlos lange arbeitest."

„Ich will nicht, dass du das machst."

Als ich mich wieder zu winden begann, ließ er mich los.

„Was soll ich deiner Meinung nach *dann* machen? Soll ich mir dort einen Job suchen? Das kann ich auch nicht machen. Ich will hier arbeiten, auf der Butler Ranch. Ich weiß, dass du das nicht verstehen kannst, aber dieser Ort ist mir genauso wichtig wie dir deine Forschung. Besonders jetzt. Fast zwei Jahre lang habe ich geglaubt, mein Bruder wäre tot. Ich habe um ihn getrauert. Ich habe einen Weg gefunden, ohne ihn zu leben, aber als er zurück-kam, habe ich mir geschworen, dass ich meine Familie nie wieder als selbstverständlich ansehen würde."

„Ich habe darauf noch keine Antwort, Ains, aber ich will, dass wir einen Weg finden, wie wir zusammen sein und beide weiterhin machen können, was uns wichtig ist."

„Das haben wir versucht. Es hat nicht funktioniert."

Er nahm meine Hände in seine. „Du hast es versucht. Ich habe gar nichts gemacht. Darum hat es nicht funktioniert. Jetzt will ich derjenige sein, der es versucht. Ich will, dass wir zusammen sind. Dass wir den Rest unseres Lebens zusammen verbringen."

„Ich kann dich nicht heiraten, bis ich sicher bin."

„Das kann ich akzeptieren."

Ich schüttelte den Kopf. Konnte es mein Herz aushalten, wenn ich zustimmte, und es würde sich nichts ändern? „Ich weiß nicht, wie wir das machen sollen."

Er schlang die Arme um meine Taille und zog mich an sich. „Ich habe ein paar Ideen."

Ich schloss die Augen und atmete tief durch. „Was für welche?"

„Wir besorgen uns ein Haus hier unten."

„Wo?"

„Ich werde es dir zeigen, wenn du dich von mir hinfahren lässt."

„Cris –"

„Komm mit mir, Ainsley. Das ist alles, worum ich dich im Moment bitte."

ICH BETETE, DASS ER MICH GENAU DORTHIN BRINGEN WÜRDE, wohin er dann auch fuhr. Ich hatte mich in Alex' Haus am Strand verliebt, als wir letztes Jahr über Weihnachten dort wohnten.

„Wird sie es uns vermieten?"

„Es gehört ihr nicht mehr."

Ich fasste nach dem Geländer der Veranda und atmete tief durch. „Wem gehört es?"

„Uns. Jedenfalls wird es das bis zum Ende des Tages. Du musst nur zustimmen, mit mir zu kommen, um die Papiere für die Übertragungsurkunde zu unterschreiben."

„Ich weiß nicht, ob ich mir das leisten kann."

„Ich bringe das Geld dafür auf, Ains. Es gibt kein Risiko für dich. Es wird dir genauso gehören, wie es mir gehört, aber es ist meine Zusage, hier zu leben. Hier zu sein. Mit dir."

„Das musst du nicht tun. Es kaufen, meine ich."

„Du irrst dich. Ich muss. Es ist ein Anfang. Ich weiß, dass wir uns noch über so viel mehr klar werden müssen, aber ich versuche hier mein Möglichstes, um dir zu beweisen, dass ich es will."

Ich betrachtete ihn forschend und suchte nach Anzeichen von Zögern, sah aber keine.

„Also?"

„Um wie viel Uhr müssen wir da sein?"

Er sah auf sein Handy. „Wir haben noch drei Stunden."

„Hast du den Schlüssel?"

Cris holte ihn aus seiner Tasche. „Hier ist er."

„Vielleicht sollten wir hineingehen."

„Ach ja? Und was machen wir da?"

„Ich habe da ein paar Ideen."

❧ 19 ❧

SORCHA

Alle meine vier Schwiegertöchter und eine meiner Töchter waren in der Küche des Haupthauses und bereiteten das Essen für die Weihnachtswoche vor. Da alle unsere Kinder mit ihren Familien auf der Ranch wohnen würden, würden wir so einige Mahlzeiten brauchen. Na ja, ich war mir nicht sicher, ob alle unsere Kinder hier wohnen würden – wir hatten nichts von Ainsley gehört. Ich hatte Naught gefragt und er sagte, sie wäre auch nicht an der Arbeit gewesen.

Ich dachte, mein Laird würde darauf bestehen, dass ich in dem Cottage bleibe, in das wir gezogen waren, als Naughton und Bradley in dieses Haus zogen, aber er sagte kein Wort. Meine Vermutung war, dass er allen strenge Anweisungen dazu gegeben hatte, was ich machen durfte und was nicht.

„Hast du schon die Neuigkeit gehört?", fragte Alex, als sie sich auf die Armlehne meines Sessels setzte.

Bei den vielen Kindern, die wir hatten, wer wusste es da schon? „Welche Neuigkeit meinst du?"

„Cris und Ainsley haben mein Strandhaus gekauft."

Hätte ich nicht fest mit dem Hintern auf meinem Sessel gesessen, wäre ich vielleicht vornübergekippt. „Wie war das?"

„Es überrascht mich nicht, dass sie es niemandem erzählt haben. Wenn es nicht mein Haus wäre, bin ich sicher, ich hätte es auch nicht erfahren. Ich denke, sie versuchen, die Sache für sich geregelt zu bekommen, ehe sie es allen erzählen."

Ich lehnte mich näher zu ihr, damit es nicht alle mitbekamen. „Sind sie dann also dort?"

„Oh, definitiv. Ich bin ziemlich sicher, dass sie alle meine alten Möbel an die örtliche Hilfsorganisation gespendet haben und beschäftigt damit waren, sie durch neue zu ersetzen. Sie haben angerufen, um zu fragen, ob ich welche davon haben wollte, aber Mad und ich haben jetzt schon zu viel Zeug in unserem Haus."

„Meine Güte", sagte ich leise vor mich hin. Ich war davon ausgegangen, dass Ainsley für sich allein geblieben war, weil sie nicht ihre glücklich verheirateten Geschwister um sich haben wollte, wenn sie selbst so großen Schmerz empfand. Das hätte ich verstehen können. Ich hätte mir nie träumen lassen, was Alex mir gerade erzählt hatte.

„Mad ist jetzt dort. Er und Brodie helfen Cris anzustreichen, während Ains auf Coco und Kismet aufpasst."

„Ich habe mich schon gefragt, wo die beiden sind." Bradley und Naughtons Sohn Charlie und Kades und Merrigans Sohn Laird lagen beide in ihren tragbaren Bettchen und machten ein Schläfchen. Skyes Mann Mac hatte ihre beiden, Spencer und Kade, bei sich behalten, damit sie heute hier sein konnte.

„Da ist ja meine schöne Frau", sagte mein eigener Laird, als er mit Naught und Kade von den Weinfeldern hereinkam.

Als Alex aufstand, um zurück in die Küche zu gehen, setzte sich mein Mann auf den Polsterhocker vor mir.

„Ainsley und Cris haben ihr Strandhaus gekauft", flüsterte ich. „Ich hatte keine Ahnung."

Er nickte. „Ich wollte dich gerade fragen, ob wir mal auf die Veranda gehen, um es dir selbst zu sagen."

„Was hältst du davon? Es schien hoffnungslos zwischen ihnen zu sein."

„Vielleicht hat es geholfen, dass ich gedroht habe, ihn umzubringen, wie dein Da es bei mir gemacht hat."

Er zwinkerte mir zu und ich haute nach ihm. „Das hast du
nicht gemacht."

„Stimmt, aber wir haben uns wirklich unterhalten."

„Das hast du gesagt, aber nicht worüber."

Er beugte sich vor und küsste mich. „Über die Kraft der Liebe
einer Frau."

20

CRISTOBAL

Ich ging hinaus, um Ainsley zu fragen, welche Farbe sie für das Badezimmer wollte, blieb aber stehen und beobachtete sie mit ihren Nichten Kismet und Coco – die auch meine Nichte war.

Ainsleys Bruder Brodie und seine Frau Peyton waren die Eltern der einjährigen Kismet. Coco, Alex' und Maddox' Tochter, war fünf Monate alt.

War Ainsley bereit, dass wir eine Familie gründeten? So verstrickt wie ich in meine Forschung gewesen war, gab es so viele Dinge wie diese Frage, über die ich nie nachgedacht hatte.

Was war mit unserer Hochzeit? Nicht dass ich sie drängen würde, wann die stattfinden sollte. Sie hatte gesagt, sie wäre nicht bereit, diesen Schritt zu machen, bis sie sicher war, dass die Dinge zwischen uns besser laufen würden.

Aber wenn sie bereit sein würde, was würde sie wollen? Eine große Hochzeit auf der Butler Ranch, oder würde sie sogar hier am Moonstone Beach heiraten wollen? Und was war mit der Hochzeitsreise? Über die hatten wir auch nie gesprochen.

„Alles in Ordnung?", fragte sie.

Mir wurde bewusst, dass ich die ganze Zeit durch sie

hindurchgestarrt hatte. „Ich habe nur gerade gedacht, was für eine gute Mom du eines Tages sein wirst."

„Hör auf."

„Ernsthaft. Ich meine, falls das etwas ist, was du noch willst."

„Willst du?"

Ich ging zu ihr und setzte mich neben sie ins Gras. Obwohl es heute warm war, waren beide Babys in Pullis, Jacken und Mützen eingemummelt und lagen auf einer Decke, zugedeckt mit einer weiteren Decke.

„Kismet hat mich geschlaucht, bis ich ihr gesagt habe, ich bräuchte ihre Hilfe dabei, ihren Cousin dazu zu bringen, mit dem Weinen aufzuhören. Ehe ich mich versah, waren beide eingeschlafen. Meinst du, ich sollte sie hineinbringen?"

„Die Farbausdünstungen sind nicht gut für sie."

„Vielleicht sollte ich sie auf die Ranch bringen."

„Ihre Dads sind hier. Du könntest sie fragen, was sie meinen."

„Stimmt. Siehst du? Ich bin nicht so gut hierbei. Wenn sie etwas älter sind, wie Spencer, komme ich gut klar, aber mit Babys ist das alles nicht so leicht."

Ich lachte. „Also nicht babyleicht?"

„Nein, wirklich nicht. Du hast mir noch nicht geantwortet, ob du eine Familie haben möchtest. Ich meine, wir haben schon mal im Allgemeinen darüber gesprochen."

„Ich möchte ..."

Sie rutschte näher zu mir und lehnte ihren Kopf an meine Schulter. Gott, hatte ich das Gefühl ihres Körpers an meinem vermisst.

„Aber?"

„Ich gebe dem Laborhirn die Schuld. Zu viele komplexe Gedanken und Ideen haben es mir unmöglich gemacht, simple Dinge zu verarbeiten, zum Beispiel, was ich fühle."

„Gibt es das? Ich meine, nennt man es so? Laborhirn?"

„Nicht offiziell, aber es erscheint wirklich so, als wäre ich aus einem Paralleluniversum herausgetreten und in eines, das mir sehr viel besser gefällt."

„Du hast dir in den vergangenen zwei Jahren viel aufgeladen, Cris. Ich erinnere mich, dass du, als du das Krankenhaus verlassen hast, sagtest, du würdest weniger arbeiten und eine geregeltere Arbeitszeit haben."

Ich lehnte mich zurück und sah hinauf in den Himmel. Wann hatte ich zum letzten Mal im Gras gesessen und das gemacht? Ich konnte mich nicht mehr erinnern. „Es tut mir leid, Ains."

„Mir auch."

„Ich habe das Gefühl, ich hätte mein eigenes Leben aus den Augen verloren, während ich versucht habe, das Leben anderer zu verlängern."

Als wir noch beide studierten, hatten wir einen Rhythmus. Und auch wenn unsere Kurse ganz unterschiedlich waren, besonders als ich meine Zeit als Assistenzarzt begann, wussten wir beide immer, was auf uns zukam. „Ich habe alles falsch eingeschätzt."

Sie reckte sich zu mir hoch und gab mir einen Kuss auf die Wange.

„Danke dafür."

Coco fing an zu weinen, was Kismet aufweckte. Ich hob die Kleinste in meine Arme, während Ainsley sich neben Kismet legte und ihr etwas ins Ohr flüsterte.

„Tühe!", sagte sie und zeigte zum Himmel hoch.

„Tühe?"

„So nennt sie Kühe", erklärte Ainsley. Ich sah hinauf, wo sie hinzeigte. „Eine Wolkenkuh, aber jetzt ist sie weg."

Ich stand auf und schaukelte Coco, während ich ihren Rücken rieb, bis sie sich beruhigte.

„Cris?"

„Ja?"

„Du wirst eines Tages ein guter Dad sein."

„Hey, Kinder", sagte Alex, als sie aus dem Auto stieg, das ich nicht in die Einfahrt hatte biegen sehen. „Muss euch warnen; ich habe auf der Ranch irgendwie die Katze aus dem Sack gelassen."

Ich zog eine Braue hoch. „Irgendwie?"

Sie ging herum zum Kofferraum und holte zwei Körbe heraus. „Von Sorcha. Mittagessen für euch und Mittagessen für meinen Mann und seinen Bruder."

Ich warf Ainsley einen kurzen Blick zu, die durch Alex' Katze-aus-dem-Sack-Aussage nicht betroffen zu sein schien.

„Hoffentlich bist du nicht sauer", sagte meine Schwester, als sie mir ihr Baby aus den Armen nahm. „Und mit ‚du' meine ich nicht dich. Ich meine Ainsley."

„Mich?" Sie sah überrascht aus. „Warum sollte ich sauer sein? Je mehr du ihr erzählst, desto weniger muss ich."

Beide Frauen lachten.

„Ich habe sie schon immer gemocht. Sogar, als sie früher Maddox und mir hinterherspioniert hat."

„Ich habe mich gefragt, ob ihr das wusstet."

„Ach ja, die heimliche Sache lief da schon eine Weile. Du warst nicht gerade eine Super-Agentin, wenn du verstehst, was ich meine. Nicht wie Sorcha. Wie irre ist das denn überhaupt?"

„Ich dachte doch, ich hätte die sexyste Stimme der Welt gehört, auch wenn sie nicht meinen Namen herausgeschrien hat, wie es mir lieber gewesen wäre", sagte Maddox, als er aus der Haustür kam und meiner Schwester die Art von Kuss gab, die ich im Moment gern Ainsley gegeben hätte. Ich setzte mich wieder neben sie und vergrub das Gesicht an ihrem Hals. „Was hältst du davon, wenn wir die heutige Nacht irgendwo verbringen, wo es romantisch ist?"

„Was ist romantischer als mein Strandhaus?", sagte meine Schwester, lauschende Nervensäge, die sie war.

„Vielleicht wollen sie den Farbausdünstungen entkommen", sagte Maddox, als er Alex Coco abnahm, wie sie es bei mir gemacht hatte.

„Du könntest sie dorthin bringen, was Brix bei der Auktion gemacht hat. Zu diesen Baumhäusern."

„Baumhäuser? Dafür könnte es ein wenig kalt sein." Ich gab Ainsley einen Kuss in den Nacken und wünschte, unsere Geschwister würden ihre Kinder nehmen und gehen, damit wir allein sein konnten. „Schwirr ab und kümmere dich um deine eigenen Angelegenheiten, Al."

„Warte. Hast du gerade gesagt, Brix hat bei der Junggesellen-auktion mitgemacht? Wir haben den Ball der ‚wilden Winzer' dieses Jahr komplett vergessen."

Auf den freute Ainsley sich jedes Jahr und ich bezweifelte, dass sie ihn vergessen hatte. Ich hatte ihrer Vorfreude auf den Ball sozusagen die Luft rausgelassen.

„Aber ja, und wir haben für das Kinderkrankenhaus doppelt so viel eingenommen wie letztes Jahr. Größtenteils seinetwegen."

Ich starrte verärgert zu meiner Schwester hinauf.

„*Und* das ist eine Geschichte für ein anderes Mal." Sie sah zu ihrem Mann hinüber. „Bist du so weit, dass wir hier abzischen können, Mad?"

Er rollte seinen Kopf. „Dachte schon, du würdest nie fragen."

„Ist es Zeit für den Feierabend?", fragte Brodie, der jetzt auch zur Haustür herauskam.

„Wenn du noch weitermachen willst, bist du auf dich allein gestellt, Bro."

„Wir sehen uns auf der Ranch", sagte Alex, hob Kismet hoch und reichte sie Brodie.

„Ich dachte, wir würden nach Hause fahren", jammerte Maddox.

„Das machen wir auch. Und nachdem du geduscht hast, werden wir deine Familie besuchen."

Er schob die Unterlippe vor. „Direkt nachdem ich geduscht habe?"

Mir ging es ebenso wie ihm. Wenn ihre Brüder und meine Schwester sich nicht beeilten und hier verschwanden, würde ich mir Ainsley über die Schulter werfen, sie ins Haus tragen und die Tür hinter uns abschließen. Ich konnte meine Finger keine Minute länger von ihr lassen.

„Vergesst nicht das Abendessen um sechs", rief Alex aus dem Fenster, als Maddox ihr Auto wegfuhr.

„Willst du gehen, Ains?", fragte ich.

„Hört sich so an, als würden wir erwartet werden. Würde es dir etwas ausmachen?"

„Überhaupt nicht."

Sie sah allerdings nicht glücklich aus.

„Wir müssen nicht. Wir können uns die Baumhausidee ansehen."

„Das ist es nicht." Sie blickte gedankenverloren auf ihre Hand hinunter und rieb sich über ihren Ringfinger.

„Vermisst du etwas? Denn ich weiß, wo er ist."

Ihr Blick begegnete meinem. „Wo?"

„Direkt hier." Ich zog meine Hand aus meiner Hosentasche und öffnete sie.

„Hättest du etwas dagegen?", fragte sie und legte ihre linke Hand auf meinen Arm.

„Nichts würde mich glücklicher machen." Ich schob den Verlobungsring wieder über ihren Finger und zwinkerte ihr dann zu. „Außer vielleicht hineinzugehen und dich auszuziehen."

„Solang du dich auch auszieht."

Ich griff hinter mich und zog mir mein Shirt über den Kopf. „Bin dir weit voraus", sagte ich und rannte mit ihr um die Wette zur Haustür.

21

AINSLEY

„Hast du jemandem erzählt, dass wir uns getrennt hatten?", fragte ich Cris auf dem Weg zur Ranch.

„Nur meiner Mom, aber sie wusste es schon."

„Tut mir leid."

„Weshalb?"

„Ich bin sicher, meine Mutter hat es ihr erzählt. Oder mein Vater."

Cris lächelte und schüttelte den Kopf. „Ich denke, sie wusste es sofort, als ich in ihr Haus kam."

„Meinst du, wir werden so sein?"

Er drückte meine Hand. „Wenn wir Eltern sind?"

„Ja."

„Ich kann sicher sagen, dass du so sein wirst. Ich bin nicht sicher, ob ich die Welt um mich herum so gut wahrnehme wie du."

„Laborhirn."

Er lachte. „Was ist mit dir?"

„Nur meinen Eltern und erst als meine Mutter im Krankenhaus war."

„Meinst du, sie haben es allen anderen erzählt?"

Ich zog eine Braue hoch. „Sie sind besser darin, Geheimnisse zu bewahren als wir."

WIR TRAFEN ALS LETZTE EIN UND ALS WIR HINEINSPAZIERTEN, kam Skyes und Macs Tochter Spencer auf uns zugerannt. „Tante Ainsley", kreischte sie und sprang in meine Arme.

„Spence", schimpfte ihr Vater, als ich ächzte.

„Alles okay." Ich gab ihr einen Kuss auf die Nase. „Wie alt bist du mittlerweile eigentlich? Sechzehn?"

Sie kicherte. „Ich bin fünf und du hast mich letzte Woche gesehen."

„Ich glaube, was sie damit sagen wollte, ist, dass du schwer bist." Mac nahm mir meine Nichte ab und gab mir einen Kuss auf die Wange. „Du strahlst heute Abend, Ains. Verliebt zu sein, steht dir."

„Sie hat es erzählt, stimmt's?" Ich sah mich im Zimmer nach meiner Mutter um.

„Bin froh, den wieder an deinem Finger zu sehen", flüsterte er mit einem Blick auf meine Hand. „Deine Schwester hat bemerkt, dass er weg war."

„Sie hat nichts gesagt."

Mac zwinkerte mir zu. „Du auch nicht."

„Ich hatte gehofft, dass wir euch heute Abend sehen würden", sagte Kade, legte einen Arm um meine Schultern und schüttelte Cris' Hand. „Du hast dich während der vergangenen Tage rar gemacht."

„Wir haben Alex' Strandhaus gekauft", posaunte ich heraus.

„Herzlichen Glückwunsch! Ich hoffe, das bedeutet, dass es in naher Zukunft eine Hochzeit geben wird?"

„Wir arbeiten daran", sagte Cris und zog mich an sich in eine Umarmung.

„Das Haus in Montecito steht zur Verfügung. Allerdings fallen mir zwei Weingüter ein, die sich wunderbar für eine Zeremonie und einen Empfang eignen würden."

„Wir können noch immer das Gleiche machen wie ihr und durchbrennen."

Kade sah über seine Schulter zu Merrigan, die bei unserer Mutter – mit Baby Laird auf dem Schoß – saß und sich mit ihr unterhielt. „Das würde ich nicht empfehlen. Ich stehe noch immer auf Mas schwarzer Liste für diese Nummer."

„Sie und Da sind durchgebrannt."

Er nickte. „Ich habe gehört, dass sie allen die wirkliche Geschichte erzählt haben, wie sie sich kennengelernt haben."

„Schh. Ich bin mir nicht sicher, dass Skye es schon weiß." Ich wies zu unserer Schwester.

„Merrigan hat gesagt, Ma hätte es ihr, Skye, Bradley und Alex heute erzählt."

„Gut. Ich hoffe, damit haben die Geheimnisse ein Ende."

„Es könnte da immer noch die eine oder andere Geschichte geben, die es zu erzählen gäbe", sagte Merrigan. „Hallo, Ainsley. Wie geht es dir?"

Wir begrüßten uns mit einem Wangenkuss. „Mir geht es gut. Es ist schön, dich zu sehen." Ich sah mich im Zimmer um. „Ich kann mich nicht erinnern, wann wir zum letzten Mal alle an Weihnachten zusammen waren." Meine Wangen wurden rosa, als mir bewusst wurde, dass eine Person fehlte. „Es tut mir leid, Kade. Ich habe vergessen, dass Quinn und ihr Mann verreist sind."

Er lächelte und sah seine Frau an. „Keine Geheimnisse mehr, stimmt's?", flüsterte er.

Kade beugte sich vor. „Ich wollte Ma überraschen. Sie und Mercer werden am Heiligabend hier sein."

Mir kamen Freudentränen. „Das wird wirklich wunderbar werden."

Ich blickte zu Cris auf, der in Gedanken verloren zu sein schien.

„Wo warst du?", fragte ich, als Kade und seine Frau weggingen.

„Nirgends." Er seufzte, nahm meine Hand in seine und führte mich im Zimmer etwas fernab von den anderen. „Du sollst wissen, wie sehr ich dich liebe, Ainsley, und wie dankbar ich bin, dass du mir noch eine Chance gegeben hast."

„Worüber hast du nachgedacht? Ich weiß, dass es das nicht war."

Als er den Kopf schüttelte, zog ich ihn zur Tür hinaus auf die vordere Veranda. „Sag es mir. *Jetzt.*"

„Ich habe versprochen, nicht zu drängen. Solang du den Ring wieder trägst, kann ich warten."

Ich verschränkte die Arme und klopfte mit dem Fuß auf. „*Ich warte gerade.* Irgendetwas daran, dass unsere ganze Familie zusammen ist, hat dich traurig gemacht. Was?"

Er wandte den Blick ab und ich legte meine Handfläche an seine Wange. „Es tut mir leid. Ist es, weil dein Vater nicht hier ist?"

Er ergriff meine Hand und küsste sie. „Ich wünschte, ich könnte lügen und sagen, dass es das war." Er seufzte. „Es ist nur so, dass alle aus deiner Familie dieses Jahr hier sind und auch alle aus meiner."

„Ich verstehe."

„Sei nicht sauer, Ains. Ich hätte nichts gesagt, wenn du mich nicht dazu gezwungen hättest."

22

SORCHA

„Ich hätte mir nie träumen lassen, dass dieser Tag kommen würde", sagte ich, als Laird und ich ins Bett krochen, nachdem wir unseren Kindern und Enkelkindern Gute Nacht gesagt hatten, die noch immer im Haupthaus versammelt waren.

Er nahm mich in seine Arme. „Wir haben noch drei Tage vor uns, die ganz genauso wie dieser sein werden."

„Eine fehlt, weißt du."

„Aye. Ich bin sicher, dass Kade trauriger ist als wir, dass Quinn nicht bei uns sein wird."

„Es scheint, als hätte deine Unterhaltung mit Cris Wunder bewirkt."

„Ich kann nicht die Lorbeeren dafür einstreichen, dass er unsere Tochter überzeugt hat, seinen Ring wieder an ihren Finger zu stecken."

„Meinst du, sie werden jemals heiraten?"

Laird schmunzelte. „Da bin ich mir sicher. Früher als wir erwarten, vermute ich mal."

Ich setzte mich auf und beugte mich über ihn. „Wenn du etwas weißt –"

Er hob beide Hände. „Ich gelobe, dass ich nicht mehr weiß als du."

Ich legte mich wieder zurück und eine Hand auf sein Herz.

„Sorcha, meine Liebe?"

„Ja, mein Liebling?"

„Setz die Sauerstoffmaske wieder auf."

23

AINSLEY

Heiligabend

„Ich kann verdammt gut Geheimnisse für mich behalten", sagte Alex.

„Deshalb habe ich dich nicht gebeten, mit mir zu kommen."

Sie stemmte eine Hand in die Hüfte. „Warum dann?"

„Du warst die Erste, der Cristobal und ich erzählt haben, dass wir zusammen waren. Es scheint passend zu sein, dass du heute hier bist."

Sie lachte. „Ich verstehe, was ihr da gemacht habt."

„Wie ist es gelaufen?", fragte Cris, als sie mich am Strandhaus absetzte.

Ich biss mir auf die Unterlippe.

„Falls du es dir noch einmal überlegen willst ..."

„Will ich nicht."

„Hast du deinen Eltern gesagt, dass wir heute Abend später kommen werden?"

Ich schüttelte den Kopf. „Alex hat gesagt, sie würde ihnen Bescheid geben."

„Kümmert sie sich um alles andere?"

„Wie es sonst niemand anders könnte. Alles muss wie am Schnürchen laufen, oder das wird nichts."

„Das wird was."

FÜNF STUNDEN SPÄTER STAND ICH AM EINGANG ZU DEN Weinhöhlen. Cristobals Familie und meine, bei denen die meisten von ihnen keine Ahnung hatten, was gleich passieren würde, waren versammelt und warteten im Hauptraum.

„Bereit?", fragte mein Vater, der zu mir kam, als das Streichquartett, das Alex organisiert hatte, begann, Pachelbels Kanon in D zu spielen.

„Ich war nie bereiter. Cris auch?"

„Oh, ja."

Als mein Vater mich durch die Tür geleitete, wurde das Getöse der Unterhaltungen leise und alle Augen richteten sich auf mich.

Mein Blick begegnete zuerst dem meiner Mutter und dann dem von Cris' Mom. Beide hatten Tränen in den Augen.

So wie ich nur Alex gebeten hatte, hatte Cris nur einen Mann gebeten, an seiner Seite zu stehen. Es bedeutete mir alles, dass es mein Bruder Kade war.

Die Versammelten traten beiseite und bildeten eine Gasse für meinen Vater und mich, durch die wir gehen konnten. Als wir vorn in dem Raum ankamen, gab er mir einen Kuss auf die Wange und trat einen Schritt zurück.

Cristobal streckte mir die Hand entgegen und ich trat vor, um mich mit ihm vor den Pfarrer zu stellen, der zugestimmt hatte, uns zwischen den Heiligabend-Gottesdiensten zu trauen.

„Bitte nehmen Sie Platz", sagte der Mann, als das Quartett aufgehört hatte zu spielen und Stühle zum Vorschein kamen. Ein weiteres Wunder, das Alex hinbekommen hatte.

„Du bist atemberaubend", sagte Cris und beugte sich vor, um mich zu küssen.

Als sich der Pfarrer räusperte, gab Cris mir stattdessen einen Kuss auf die Wange.

„Liebe Brüder und Schwestern", begann er.

Es schien, als hätte er uns nur Augenblicke später zu Mann und Frau erklärt und uns gesagt, dass wir uns *jetzt* küssen dürften.

„Ladys und Gentlemen, ich freue mich riesig, euch Mr. und Mrs. Butler-Avila vorstellen zu dürfen", rief Alex.

Unsere Familien jubelten und das Quartett begann wieder zu spielen, als wir uns umdrehten und unsere miteinander verschränkten Hände in die Luft hoben.

Meine Mutter und Lucia standen auf und kamen auf uns zuge-eilt, während Tränen über ihre Gesichter strömten. Ich umarmte beide und drehte mich um, als ich eine Hand auf meiner Schulter spürte.

„Wie du weißt, bin ich derjenige, der deinen Namen ausge-sucht hat, Kleines", sagte mein ältester Bruder, der ebenfalls Tränen in den Augen hatte.

„Und Maddox hat gesagt, dass du mich gehalten und dich geweigert hast, mich herzugeben."

„Das stimmt. Bis heute Abend. Cris ist der einzige Mann, an den ich Da dich hätte geben lassen."

Ich lachte unter Tränen. „Ich bin so froh, dass du hier bist."

„Später, nachdem wir mehr Wein getrunken haben, werden wir Merrigan dazu bringen, dir die Geschichte zu erzählen, wie sie dafür gesorgt hat, dass ich hier sein kann."

CRIS UND ICH STANDEN ZUSAMMEN, ALS, EINER NACH DEM anderen, jedes Mitglied von unseren beiden Familien vorkam, um uns zu gratulieren.

„Wo ist Quinn?", flüsterte ich Alex zu, als sie mir noch ein

Glas Wein brachte und fragte, ob wir so weit wären, dass das Abendessen serviert werden konnte.

Anstatt zu antworten, ergriff sie eine Gabel und klopfte einige Male damit an ihr Weinglas.

Zum zweiten Mal senkte sich Schweigen über den Raum, als Kade mit meiner Nichte, seiner Tochter, herankam, einer Frau, von deren Existenz ich bis vor zwei Jahren nichts gewusst hatte. Sie hatte darauf bestanden, die Zeremonie von außerhalb des Raumes zu beobachten, damit sie sie nicht störte.

„Ich denke, wir sollten das Abendessen noch eine kurze Weile aufschieben", sagte ich zu Alex und beobachtete, wie meine Mutter und mein Vater die Ersten waren, die ihre Enkeltochter und deren Mann begrüßten.

Ich stand neben meinem eigenen Mann, überwältigt von der Liebe und der Freude, die uns umgab.

„Bist du bereit für deine Überraschung?", fragte er.

„Du wirst mir tatsächlich erzählen, wo wir unsere Hochzeitsreise verbringen werden?"

„Nur wenn du es hören willst."

„Warte bis morgen. Das kann mein Weihnachtsgeschenk sein."

❧ 24 ❧

SORCHA

Ich blickte mich in dem Raum um und betrachtete unsere Söhne und Töchter, die jüngste nun – endlich – glücklich verheiratet. Alle waren hier und würden es auch morgen früh noch sein. Ehemänner, Ehefrauen und Kinder würden sich in dem Haus zum Schlafen legen, das Broderick Butler für seine Frau Analise gebaut hatte, und in das Laird mich vor sechsundvierzig Jahren brachte, um für meine Sicherheit zu sorgen, nachdem er mir das Leben gerettet hatte.

Manchmal hatte ich mich gefragt, was geschehen wäre, wenn er an diesem schrecklichen Tag nicht an dem Busbahnhof in der Oxford Street gewesen wäre. Oder wenn er mich nicht gefunden hätte. Aber dieser Gedanke war zu schmerzvoll, um über ihn nachzudenken.

Der liebe Gott hatte dafür gesorgt, dass er dort war, und uns weiter mit dem Geschenk jedes einzelnen unserer lieben Kinder gesegnet. Von uns beiden wurden nicht nur sechs in die Welt gesetzt, sondern zukünftige Generationen. Bald würden wir unser erstes Urenkelkind haben, unsere geliebte Quinn hatte es heute Abend verkündet.

Das war eins von vielen Geschenken, die Laird und ich an

diesem Abend erhielten und die wir morgen weiter erhalten würden.

Als ich jedes meiner Enkelkinder in den Armen hielt und ihnen in die Augen blickte, sah ich ihre Eltern in ihnen. Diese waren die großartigsten Geschenke von allen – Kade, Maddox, Naughton, Skye, Brodie und Ainsley. Unsere gesegneten Wunder.

„Ach, wenn ich doch nur deine Gedanken lesen könnte, meine Liebe", sagte mein lieber Mann, als er sich neben mich setzte.

„Ich habe gerade unsere Segnungen gezählt."

„Das sind viele, nicht wahr?"

Ich wandte mich zu ihm und legte meine Hand an seine Wange. „Alles deinetwegen. *Shàbhail thu mo bheatha.*"

„Schh, jetzt, meine kostbare Rua. Alles geschah, wie es sollte. Mein einziges Bedauern war, dass ich dir nicht die Schmerzen ersparen konnte, die du durchlitten hast."

„Die waren es wert, denn sie haben mir dich gebracht."

„Wir müssen uns ausruhen. Der Weihnachtsmorgen ist nah. Wie oft sind wir vor Tagesanbruch aufgestanden, um dafür zu sorgen, dass alle Geschenke unter dem Baum lagen, die Strümpfe gefüllt waren und ein herzhaftes Frühstück bereitstand, als unsere Kinder die Treppe heruntergerannt kamen?"

„Es werden noch viele mehr kommen, bete ich."

„Aye. Sehr, sehr viele mehr."

Ich lehnte den Kopf an seine Schulter. „Bring mich ins Bett, Männe."

„Diese Worte waren schon immer mein wahrgewordener Traum."

25

LAIRD

Ich habe gehört, dass Weihnachten für Kinder sei, aber es gibt für ein Elternteil keine größere Freude, als den Sohn oder die Tochter glücklich zu sehen. Sei es wegen eines Fahrrads, einer Puppe, einer Hochzeit oder einer eigenen Familie.

Es war ein Geschenk übrig, das noch nicht geöffnet worden war, und ich wartete gespannt darauf, den Gesichtsausdruck meiner jüngsten Tochter zu sehen, wenn sie das tun würde.

„Was ist das?", hörte ich sie Cristobal fragen, als er ihr einen Briefumschlag reichte. Im vorher lauten Zimmer wurde es still.

„Deine Überraschung. Mach ihn auf."

Ich wusste, was darin war, so wie meine Frau auch, aber wir hielten trotzdem den Atem an und warteten auf ihre Reaktion.

„Oh mein Gott", sagte sie, als sie den Reiseplan herauszog und entfaltete.

„Was ist es?", rief die kleine Spencer.

„Ein Flugticket."

„Wohin?", fragte sie.

Ainsley sah von ihr zu ihrem Mann, zu mir, dann zu ihrer Mutter. „Cristobal fliegt mit mir nach Schottland."

Sorchas Augen schlossen sich und sie nickte. „Aye, ich habe nie bezweifelt, dass er das tun würde."

BRIX'S BID

Lesen Sie einen kleinen Auszug
aus dem ersten Band der Reihe
Wilde Winzer – Erstlabel
Brix' Gebot
Sie hat sein Herz gestohlen, er wurde ihr Held.
Eine Intrige mit hohen Einsätzen und Kleinstadtcharme –
kann ihre Liebe die Kluft zwischen zwei Welten überwinden?

BRIX

Ich habe mich schon immer auf das Imperium meiner Familie konzentriert, bis Addison Reagan mein Herz gefangen nahm. Als sie fälschlicherweise beschuldigt wird, einen Mord begangen zu haben, mache ich vor nichts halt, um sie zu beschützen und die Wahrheit aufzudecken. Während ich mich immer mehr in sie verliebe, muss ich mich durch die Komplexität von meiner reichen Welt und Addisons Kleinstadtleben lavieren. Kann ich einen Weg finden, die beiden zu verbinden, ohne die Frau zu verlieren, die perfekt zu mir passt?

ADDISON

Ich habe mein ganzes Leben lang hart gearbeitet und von

einer besseren Zukunft geträumt. Als ich den attraktiven und reichen Brix Avila kennenlerne, entdecke ich eine neue Sehnsucht – nach Liebe und Zugehörigkeit. Während ich mich mit Familiengeheimnissen und falschen Anschuldigungen herumschlage, bin ich hin- und hergerissen zwischen der Loyalität gegenüber meiner Mutter und meinen wachsenden Gefühlen für Brix. Kann ich den Mut finden, der Liebe zu vertrauen, und eine Zukunft aufbauen, die süßer ist, als ich es mir je vorgestellt habe?

Zusammen müssen wir uns durch eine Welt von Familiengeheimnissen, dem organisierten Verbrechen und persönlichen Opfern lavieren, wobei wir mit Bedrohungen konfrontiert werden, die nicht nur unsere Liebe gefährden, sondern unser Leben. Von luxuriösen Anwesen zu der gemütlichen Wärme eines Kleinstadt-Diners; wir werden entdecken, dass der größte Schatz einfach die Liebe sein könnte, die wir zusammen erschaffen.

PROLOG
BRIX

„Jemand von uns ist in Schwierigkeiten."

Nach meiner deutlichen Aussage wurde es gespenstisch still in dem Weinkeller. Jeder der Männer der Los Caballeros Society – nicht nach dem Weingut meiner Familie benannt, wie jeder vermutete, sondern es war genau andersherum – beugte sich näher zum Tisch vor.

Die geheime Vereinigung, die zurückreichte bis zu den Großvätern unserer Großväter, traf sich nur, wenn es nötig war, wenn jemand unsere Hilfe brauchte. Wir waren Brüder – einige durch Verwandtschaft, einige nicht, aber gleichwohl Brüder.

„Wer?" Mein Onkel Trystan Avila meldete sich zuerst zu Wort. „Wir sind alle neun hier."

Ich senkte bestätigend das Kinn. „Na gut." Ich legte die Fingerspitzen meiner Hände vor mir auf dem großen Tisch aneinander. „Es handelt sich um Addison Reagan."

Die drei Männer, die Brüder durch Verwandtschaft waren, Cru, Snapper und Kick, sahen mich mit aufgerissenen Augen an. „Was ist passiert?", fragte Letzterer.

„Sie wurde verhaftet", antwortete mein bester Freund Ridge

und ersparte es mir, die Emotion zu offenbaren, die die Worte an die Oberfläche gebracht hätten.

Ich schluckte und beendete den Satz. „Wegen Mordes."

ÜBER DIE AUTORIN

Über die Autorin

Die *USA Today*- und Amazon-Top-15-Bestsellerautorin Heather Slade schreibt schamlos sexy, romantische Spannungsromane, die einem den Atem rauben.

Sie hat sich selbst zum Geburtstag das Geschenk gemacht, ein Jahr lang ein Buch zu schreiben. Über sechzig Bücher später (und es kommen stets weitere hinzu) hat sie noch immer einen Riesenspaß.

Die Frauen, über die Slade schreibt, sind selbstbewusst, stark, haben ihren eigenen Willen und Herzen, so groß wie der Himmel von Colorado. Die Männer sind außergewöhnlich sexy, verführerische Alphamänner, die der Herausforderung gewachsen sind, die süße Seele einer Frau zu erobern, deren Herz sie für immer in der Hand haben werden. Fügen Sie noch ein paar halsbrecherische Wendungen, einen fesselnden Krimi und ein Happy End, das Sie zum Schwärmen bringt, hinzu, und Sie halten eines ihrer Bücher in Ihren Händen.

Sie liebt es, von ihren Leserinnen und Lesern zu hören. Sie können sie unter heather@heatherslade.com erreichen.

Um über ihre aktuellen Neuigkeiten und Buchveröffentlichungen auf dem Laufenden zu bleiben, besuchen Sie bitte ihre Website auf www.heatherslade.com, um sich für ihren Newsletter anzumelden.

Roaring Fork Rooker

Roaring Fork Bridger

K19 GENESIS COALITION TEAM ONE

Code Name: Sundance

Code Name: Rawhide

Code Name: Dallas

Code Name: Wraith

Code Name: Preacher

K19 SECURITY SOLUTIONS TEAM ONE

Razor's Edge

Gunner's Redemption

Mistletoe's Magic

Mantis' Desire

Dutch's Salvation

K19 SECURITY SOLUTIONS TEAM TWO

Striker's Choice

Monk's Fire

Halo's Oath

Tackle's Honor

Onyx's Awakening

K19 SHADOW OPERATIONS TEAM ONE

Code Name: Ranger

Code Name: Diesel

Code Name: Wasp

Code Name: Cowboy

Code Name: Mayhem

K19 ALLIED INTELLIGENCE TEAM ONE

Code Name: Ares

<u>**Code Name: Cayman**</u>

<u>**Code Name: Poseidon**</u>

<u>**Code Name: Zeppelin**</u>

<u>**Code Name: Magnet**</u>

K19 ALLIED INTELLIGENCE TEAM TWO

Code Name: Puck

Code Name: Michelangelo

Code Name: Typhon

Code Name: Hornet

Code Name: Reaper

K19 SENTINEL CYBER TEAM ONE

Code Name: Admiral

Code Name: Dante

Code Name: Grit

Code Name: Tank

Code Name: Atticus

K19 SENTINEL CYBER TEAM TWO

Code Name: Kodiak

Code Name: Mirage

Code Name: Thunder

Code Name: Condor

Code Name: Rocket

MINERVA PROTOCOL

The Prism Doctrine: Blackjack's Story

The Shield Stratagem: Dagger's Story

The Ghost Matrix: Specter's Story

The Compass Initiative: Nomad's Story

The Decree Directive: Sovereign's Story

PROTECTORS UNDERCOVER TEAM ONE

Undercover Agent

Undercover Emissary

Undercover Savior

Undercover Infidel

Undercover Shadow

PROTECTORS UNDERCOVER TEAM TWO

Undercover Renegade

Undercover Archon

Undercover Rogue

Undercover Vanguard

Undercover Paragon

THE ROYAL AGENTS OF MI6

Make Me Shiver

Drive Me Wilder

Feel My Pinch

Chase My Shadow

Find My Angel

THE INVINCIBLES TEAM ONE

Code Name: Deck

Code Name: Edge

Code Name: Grinder